short & easy

Werner Färber

Einfach weg!

Werner Färber ist ein bekannter Autor, der für alle Altersstufen im Kinder- und Jugendbuchbereich schreibt. Außerdem hat er schon zahlreiche Bücher des englischen Autors Pete Johnson übersetzt. Werner Färber lebt mit seiner Familie in Hamburg.
Infos unter *www.wernerfaerber.de*

In der Reihe **Short & Easy**
sind außerdem erschienen

RTB 52271
Brigitte Blobel, Hast du schon?

RTB 52358
Brigitte Blobel, Alles nur Show

RTB 52245
Werner Färber, Volle Pulle

RTB 52337
Werner Färber, Wenn ich will, hör ich auf.

RTB 52247
Bernhard Hagemann, Champions für einen Tag

RTB 52287
Bernhard Hagemann, Superstar gesucht!

RTB 52327
Marlene Jablonski, Lovesong

RTB 52248
Elizabeth Laird, Geheime Freundschaft

RTB 52315
Patricia Mennen, Kopftuch

RTB 52237
Inge Meyer-Dietrich, Und das nennt ihr Mut

RTB 52270
Katja Reider, Wahnsinnsliebe

RTB 52239
Ralf Thenior, Zerbrochene Träume

RTB 52258
Jochen Till, Fette Ferien

Werner Färber

Einfach weg!

Ravensburger Buchverlag

Als Ravensburger Taschenbuch
Band 52379
erschienen 2008

Die Originalausgabe erschien 2005
im Ravensburger Buchverlag

Umschlaggestaltung: Dirk Lieb
unter Verwendung eines Fotos
von mauritius images/corbis

Printed in Germany

1 2 3 4 5 12 11 10 09 08

ISBN 978-3-473-52379-5

www.ravensburger.de

Warum eigentlich nicht per Anhalter? An diese Möglichkeit hatte Robin noch gar nicht gedacht. In seiner Wut hatte er sich aufs Fahrrad geschwungen und war losgeradelt.

Er wollte einfach alles hinter sich lassen. Und dann so eine Panne! Gerade mal bis zum Stadtrand war er gekommen. Ein platter Hinterreifen. Pumpe und Flickzeug? Fehlanzeige. Aber aufgeben? Nein. Er warf das Rad in den Graben, um zu Fuß weiterzugehen. In diesem Moment hörte er hinter sich ein Auto. Ohne sich umzusehen, hob er den Daumen. Konnte ja nicht schaden.

Das Auto fuhr weiter.
Robin klappte den Daumen ein
und fuhr den Mittelfinger aus.
Rote Bremslichter, weiße Rückleuchte,
das heulende Getriebe im Rückwärtsgang.
Abhauen? Über den Acker das Weite suchen?
Vermutlich war der Fahrer so ein Rambo,
der gern die Muskeln spielen ließ!
Nein. Eine Frau. Robin blieb stehen.
Das Auto hielt an.
Das Seitenfenster senkte sich.
„Wohin?“, rief die Fahrerin.
Wohin? Wenn er das wüsste. *Einfach weg*
würde der Wahrheit am nächsten kommen.
Aber sicher keine gute Antwort für jemanden,
der angehalten hatte, um ihn mitzunehmen.
„Was denn nun?“, rief sie.
„Richtung Süden?“, fragte Robin.
„Steig ein.“
Er stopfte seinen Rucksack vor sich

in den Fußraum und schnallte sich an.
Die Fahrerin sah in den Rückspiegel,
blinkte und kehrte auf die Straße zurück.

„Sind schon Ferien?“, wollte sie wissen.
Dass es kritische Fragen geben könnte,
wenn ein Junge seines Alters
um diese Uhrzeit nicht in der Schule hockte,
hatte Robin nicht bedacht.
Kurz vor elf Uhr.
Normalerweise hätte er jetzt Englisch.
Aber was ging das diese Frau an,
weshalb er den Unterricht schwänzte?
Er fragte doch auch nicht,
wieso sie mit ihrem Auto
durch die Gegend fuhr.
Würde sie sich mit einem *Ja* zufrieden geben?
Robin sah kurz zu ihr hinüber.
Wie alt mochte sie sein? Mitte zwanzig?
Ob sie sich mit Ferienterminen auskannte?
Im Auto gab es keinen Kindersitz.
Vermutlich hatte sie keine Kinder.
Aber vielleicht gehörte sie
zu diesen Schlaumenschen,
die erst einen auf ahnungslos machen,
um sich später als Besserwisser
zu erkennen zu geben?

Sollte er einen Arzttermin vorschieben?
Nein, auch nicht gut.
Sie würde bestimmt nachhaken.
Per Anhalter zum Arzt?
Nach kurzer Bedenkzeit behauptete Robin,
er hätte heute frei.
„Einfach so?“ Sie schaute zu ihm hinüber.
„Könnte es nicht sein,
dass du von zu Hause abhaust?“
„Quatsch“, stieß Robin hervor. Wie gut,
dass er nie rot wurde.
„Heute ist Zeugniskonferenz“,
erklärte er locker.
Das war nicht einmal abwegig.
Das Schuljahr neigte sich dem Ende zu.
Die Fahrerin nickte.
Offenbar hatte er sie überzeugt.
Trotzdem war das Verhör noch nicht zu Ende.
Ohne den Blick von der Straße zu wenden,
fragte sie weiter. „In welche Klasse gehst du?“

„Achte“, antwortete Robin.
Diesmal war es die volle Wahrheit.
„Was für eine Schule?“

„Gymnasium“, antwortete er knapp.
Auch das stimmte.
Zumindest bis vor knapp zwei Stunden.
„Achte?“ Erneut sah sie ihn an.
Konnte sie sich nicht einfach
auf die Straße konzentrieren?
„Ich hätte dich für älter gehalten. Sechzehn?“
Sie wandte noch einmal den Kopf.
„Mindestens fünfzehn?“
„Sechzehn“, erwiderte Robin schulterzuckend.
Seltsam – er war schon wieder
bei der Unwahrheit gelandet.
Dabei war er nicht einmal darauf aus,
irgendwelchen Mist zu erzählen.
Die Wahrheit schien die Fahrerin allerdings
grundsätzlich anzuzweifeln.
Die kleinen Lügen dagegen
akzeptierte sie anstandslos.
„Spät eingeschult und einmal kleben geblieben“,
erklärte Robin knapp, weshalb er
als Sechzehnjähriger noch immer
die achte Klasse besuchte.
Er wusste, dass er älter wirkte.

Wenn es darum ging, Zigaretten oder Alkohol zu kaufen, schickten seine Kumpels immer ihn vor.

Schon oft war er damit durchgekommen. Seine Antwort war jedoch auch ihm vollkommen neu. Er war weder sitzen geblieben noch spät eingeschult worden. Im Gegenteil. Robins fünfzehnter Geburtstag war erst in drei Wochen. Er war in seiner Klasse schon immer einer der Jüngsten gewesen. Solange seine Chauffeurin jedoch zufrieden war und ihn in die nächste Stadt kutschierte ... Robin konnte sich ein Grinsen nicht verkneifen. Er blickte durchs Seitenfenster in die Landschaft, um es zu verbergen. Schon kam die nächste Frage.

„Machst du das häufiger?“

„Was?“

„Dich an die Straße stellen.“

Robin zuckte mit den Schultern.
„Was heißt häufig?"
Seine Eltern hatten ihm und seinem Bruder ausdrücklich verboten, per Anhalter zu fahren. Seine Mutter gab ihm Geld für den Bus oder, wenn es mal später wurde, auch für ein Taxi.

Mehr als vier-, fünfmal hatte er den Daumen bestimmt noch nicht rausgehalten. Und wenn, dann immer mit seinen Kumpels.
„Ein-, zweimal die Woche."
„Wo genau soll es hingehen?"
Robin nannte die nächste größere Stadt, die ihm einfiel.
„Göttingen."
„Passt doch. Da muss ich auch hin."
Sie konzentrierte sich auf ein Überholmanöver.
„Und was machst du da?"
Noch eine Frage, auf die Robin gerne selbst eine Antwort gehabt hätte. Er zögerte.
„Bin ich zu neugierig?", fragte die Fahrerin.

Ja, verdammt!, hätte er wahrheitsgemäß erwidern müssen.
Er wollte die Frau jedoch nicht verärgern.
Immerhin würde er mit ihrer Hilfe knapp hundert Kilometer weiterkommen.
Wenn sie unbedingt unterhalten sein wollte, spielte er eben mit. Er winkte ab.
„Nein, schon okay. Ich besuche meine Freundin."

♥

„Und?", fragte die Fahrerin schmunzelnd.
Erneut betrachtete er sie von der Seite.
Was wollte sie nun hören?
Wie hübsch seine Freundin war?
Wie lange sie schon zusammen waren?
Was sie gemeinsam unternahmen?
Weshalb sie nicht in derselben Stadt wohnte?
Er hatte doch nicht mal eine Freundin!
„Du kannst mich ruhig beim Wort nehmen",
 meinte die Fahrerin, „wenn ich zu viel frage, sag es einfach."
„Kein Problem", antwortete er.

„Hab bloß überlegt, ob es noch stimmt,
dass ich zu meiner Freundin fahre."
„So was weiß man doch."
„Eben nicht. Ich habe keine Ahnung,
ob es nicht schon vorbei ist."
Robin hangelte sich von einer Idee zur nächsten.
Er schlüpfte in eine neue Haut.
Probierte tastend aus, ob sie ihm passte.
Die Geschichte eines anderen zu erzählen,
war ganz einfach.
Robin konnte regelrecht fühlen,
was in diesem anderen vorgehen musste.
Der konnte sich doch nur verlegen fühlen.
Deshalb mimte er jetzt den Zurückhaltenden,
der sich einer Fremden gegenüber
nur zögernd offenbarte.
„Na ja", fuhr er gedehnt fort,
„ich weiß nicht, ob ich ihr noch wichtig bin.
Immer muss ich zu ihr fahren.
Nie kommt sie zu mir."
Er war gespannt, was sie mit seiner Beschwerde
anfangen würde.
Sie nickte. „Hm."

„Das geht jetzt schon ein halbes Jahr“,
maulte Robin weiter.
„Ein halbes Jahr?“, erwiderte sie staunend.
„Als ich so alt war wie du, hatte ich
immer schon nach zwei, drei Wochen
die Faxen dicke und habe Schluss gemacht.
Spätestens. Du scheinst ja
ein ganz besonders Lieber zu sein.“
Mit einem Kompliment hatte Robin
nun gar nicht gerechnet.
Er musste sich räuspern, bevor er fortfuhr.
„Nächsten Monat wird es ein Jahr.“
Der Satz war noch nicht zu Ende,
als er merkte, wie unwahrscheinlich
sich das anhörte.
In seinem ganzen Freundeskreis hatte noch
keine Beziehung länger als ein paar Wochen
gedauert. Er selbst war ziemlich unerfahren.
Ein einziges Mal hatte er mit einem Mädchen
geknutscht. Vor ein paar Wochen

auf der Kellerparty eines Freundes.
Eher zufällig war dieses Mädchen neben ihm
auf der Couch gelandet.

Sein Freund hatte tags darauf wissen wollen,
wie es denn gewesen sei.
Robin konnte sich nicht mal
an ihren Namen erinnern. Zu viel Alkohol.
Es war ein Abend mit *zwei* neuen Erfahrungen
gewesen. Und beide nicht so toll.
Die Fahrerin schien ihm die Langzeitbeziehung
zu glauben. Ihre Miene spiegelte Staunen
und Anerkennung wider.
Robin fragte sich, ob er so überzeugend wirkte
oder ob die Frau einfach leichtgläubig war.
Um seine Geschichte weiterspinnen zu können,
gab er der angeblichen Freundin Gestalt.
Er wählte ein Mädchen aus der Parallelklasse.
„Wir sind vor einem halben Jahr umgezogen.
Seitdem wird's immer schwieriger", schüttete er
weiter sein Herz aus. „Ich glaube, sie hat
einen anderen."
Die Fahrerin nickte. „Blöd, so was."
„Ja, wenn sie es wenigstens zugeben würde."
„Hast du schon gefragt?"
Mit resigniertem Kopfschütteln antwortete er
leise: „Ich hab es mir für heute vorgenommen."

Er musste sich zusammenreißen,
um nicht zu lachen.
„Ganz schön mutig“, sagte sie.
„Vielleicht sollte ich es besser lassen“,
führte Robin den Gedanken weiter.
„Wenn sie zugibt, dass sie einen anderen hat,
ist es aus. Wenn sie es abstreitet,
weiß ich nicht, ob es die Wahrheit ist.
Wenn überhaupt nichts dran ist,
wird sie sauer sein, dass ich misstrauisch
und eifersüchtig bin.“
„Du meinst“, sagte sie mitfühlend, „du ziehst
so oder so den schwarzen Peter.“
Robin nickte. Obwohl er anstelle von
„schwarzer Peter“ eher von „Arschkarte“
reden würde. Allerdings war die Arschkarte
nicht sein Problem, sondern das eines anderen.
Also mimte er jetzt den Mutigen.
„Trotzdem will ich endlich wissen,
was Sache ist.“

Die Fahrerin blickte schweigend auf die Straße.
„Die Wahrheit ist nicht immer das, was man
hören möchte“, sagte sie gedankenverloren.

„Wem sagen Sie das?“, antwortete Robin ernst.
Er fand die Situation zum Brüllen.
Es war noch keine zwei Stunden her,
da hatte man ihm nicht glauben wollen,
obwohl er die volle Wahrheit gesagt hatte.
Sein Lehrer dagegen hatte das Blaue vom Himmel
gelogen, um ihn in die Pfanne zu hauen.
Wenn Robin wenigstens kapieren würde,
weshalb sich der Typ immer wieder an ihm
festbiss. Nun log er selbst,
dass sich die Balken bogen, und die Tante
am Steuer schien jedes Wort zu glauben.
Innerhalb weniger Minuten war Robin
um mehr als ein Jahr gealtert.
Er war unterwegs in eine ihm unbekannte Stadt,
in der er angeblich mal gewohnt hatte.
Von seiner Freundin wusste er nur,
dass sie es mit der Treue vermutlich nicht
so genau nahm und aussah
wie ein Mädchen aus der Parallelklasse.
Er hatte ein neues Leben erfunden
und war gespannt, wie es weiterging.
Es war wie Kino. Und er war mitten im Film.

Sogar in der Hauptrolle.
„Wenn es dich tröstet, bei mir ist es
auch nicht all zu lange her, dass mich einer
verarscht hat“, sagte sie lächelnd. „Du kannst
mich übrigens gerne duzen. Ich heiße Sandra.“
„Ich heiße Paolo“, erwiderte Robin.
„Klingt italienisch“, sagte die Fahrerin.
„Meine Eltern sind Italienfans. Wir waren
noch nie woanders im Urlaub.“
Er staunte, wie locker und selbstverständlich
ihm die Antworten über die Lippen kamen.
Seine Mutter kochte zwar gern italienisch, aber
wohin die Familie in Urlaub fuhr, hing eher von
den Billigangeboten der Reiseveranstalter ab.
Sandra reckte sich nach ihren Zigaretten
auf der Ablage, schüttelte die Packung.
„Schon wieder leer. Du rauchst nicht zufällig?“
Robin schüttelte den Kopf. „Nein.“
Im Gegensatz zu seinem verunglückten Alkohol-
Experiment vor ein paar Wochen hatte er
 Zigaretten tatsächlich noch nicht ausprobiert.
Nicht einmal, als er besoffen war.
„Schade“, sagte Sandra, um sich sofort

lachend zu korrigieren: „Das heißt nicht, dass du rauchen sollst. Ich hätte nur ganz gern eine gequalmt."

„Schon klar."

Sie näherten sich der Stadt.

Der Verkehr wurde dichter und nahm seine Chauffeurin etwas mehr in Anspruch.

Sie schaffte es tatsächlich, für einige Minuten den Mund zu halten.

Erst als sie an einer Ampel halten musste, wandte sie sich wieder an Robin.

„Wo soll ich dich absetzen?"

Verdammt. Kannte er hier überhaupt etwas?

Er war erst einmal in Göttingen gewesen.

Vor Jahren war seine Mutter mit ihm und seinem Bruder hier beim Einkaufen gewesen.

„Im Zentrum", antwortete er ausweichend.

Dabei wäre es ihm lieber gewesen, sie hätte ihn am anderen Ende der Stadt rausgelassen.

An einer Ausfallstraße Richtung Süden.

Damit er weiterkäme. Doch das konnte er
nach der bisherigen Geschichte nicht verlangen.
„Geht's ein klein wenig genauer?", fragte sie.
„Ich kenn mich aus. Ich hab hier öfter zu tun."
Robin sah auf die Uhr.
Er brauchte Zeit, um nachzudenken.
„Bin schneller hier als ich gedacht hätte.
Anna ist noch nicht zu Hause."
Der Freundin einen Namen zu geben,
war bestimmt nicht verkehrt.
„Ich werde noch was essen,
bevor ich zu ihr gehe."
Die Fahrerin nickte. „Wichtige Gespräche
soll man nie auf nüchternen Magen führen."
„Kennen Sie McDonald's?", fragte Robin.
Geniale Idee! Wenn es etwas gab,
was man in jeder Stadt finden konnte,
war es diese Schnellfutterkette.
„Klar", antwortete sie. „Aber du ernährst dich
hoffentlich nicht immer von so einem Fraß?"

„Ab und zu ist das gar nicht schlecht.
Die machen klasse Pommes.
Außerdem wohnt Anna in derselben Straße."

Nun warf sie einen Blick auf die Uhr.
„Ich hab noch Zeit bis zu meinem Termin.
Darf ich dich zu was Vernünftigem einladen?
Um die Ecke von McDonald's gibt es einen
anständigen Italiener."
Robin blies die Backen auf.
Sollte er sich von ihr einladen lassen?
Eigentlich war sie ganz nett. Warum also nicht?
„Ja, wenn Sie meinen. Aber ..."
„Nun hast du mich schon zweimal gesiezt.
Da komme ich mir so alt vor. Noch einmal
und ich gehe alleine essen."
Robin nickte. „Gut, einverstanden. Danke."
Sandra lenkte den Wagen zielstrebig ins Zentrum,
zeigte Robin im Vorbeifahren den Italiener
und fand auch schnell einen Parkplatz.
Sie schien sich wirklich bestens auszukennen.

Im Restaurant forderte sie Robin auf,
die Karte nicht von rechts nach links zu lesen.
Robin verstand nicht, was sie meinte. „Wie?"

„Du sollst nicht zuerst nach dem Preis schielen,
sondern bestellen, was dir schmeckt.
Mach dir wegen der Kohle keine Gedanken.
Ich kann das als Spesen aufschreiben.“
Robin bestellte seine Lieblingspizza:
Frutti di Mare. Seine Eltern versuchten immer,
ihn zur billigsten Pizza zu überreden.
Wenn sie überhaupt mal
mit ihren Söhnen essen gingen.
Während des Essens erzählte er Sandra –
das Duzen fiel ihm weiterhin schwer –
von der Firmenpleite seines Vaters.
Als Angestellter hätte er jetzt Mühe,
die Schulden abzutragen. Seine Mutter müsse
mit Aushilfsjobs im Supermarkt dazuverdienen.
Robin suchte Ereignisse aus seinem
Freundeskreis zusammen und komponierte
daraus einen neuen Lebenslauf.
Die anfänglichen Hemmungen waren verflogen.
Die Lügen gingen ihm locker über die Lippen.

Es war so leicht, Paolo Gestalt zu geben.
Manchmal brachten ihn Sandras Zwischenfragen
allerdings ein wenig aus dem Konzept.

Was für eine Firma sein Vater gehabt hätte,
wollte sie wissen und erwischte ihn prompt
auf dem falschen Fuß. Robin schob
ein großes Stück Pizza in den Mund.
„Hm.“
Er versuchte Sandra deutlich zu machen,
dass er ihn zu voll genommen hatte.
Im wirklichen Leben war sein Vater
Sachbearbeiter bei der Stadtverwaltung!
Absolut kein risikobereiter Typ!
Wie hatte sich Robin versteigen können,
seinem Vater eine eigene Firma anzudichten?
Er kaute länger als nötig.
Seine Fantasie hatte ihn verlassen.
Sandra legte das Besteck beiseite,
wischte mit der Serviette
die Mundwinkel sauber,
lehnte sich zurück.
Jetzt kommt’s, dachte Robin.
Jetzt hat sie kapiert, dass ich die ganze Zeit
dummes Zeug erzählt habe.
Doch Sandra äußerte keine Zweifel.
Sie kam ihm zu Hilfe.

Mit noch immer erhobener Serviette sagte sie:
„Bestimmt was mit Computern.“
Robin nickte, spülte den Brei in seinem Mund mit Cola hinunter.
„Software für Finanzsysteme“, sagte er mit neuer Sicherheit. „Frag mich jetzt bloß nichts Genaues. Ich hab nie kapiert, worum es ging. Langweiliger Zahlenkram.“
„Ich hab’s geahnt. Gerade in der Branche hat es ja besonders viele erwischt“, sagte Sandra nachdenklich.

Sie ließ ihn zu Ende essen.
„Kann ich dich noch irgendwo absetzen, Paolo? Ich muss um zwei noch was abliefern. Danach geht’s ab auf die Autobahn.“
„Musst du noch weit?“, fragte Robin.
„Frankfurt.“
Sie winkte die Kellnerin heran, um einen Cappuccino und die Rechnung zu bestellen.

Einen Kaffee zum Abschluss lehnte Robin
dankend ab. Im Stillen ärgerte er sich maßlos
über die verpasste Chance.
Bis nach Frankfurt fuhr sie noch!
Er hätte beim Einsteigen nur nach ihrem Ziel
fragen sollen! Dann hätte er in einem Rutsch
halb Deutschland durchqueren können.
Sicher – sie hätte gefragt,
was er so weit im Süden wollte.
Aber darauf wäre ihm auch etwas eingefallen.
Eine Großmutter in Süddeutschland,
die er besuchen wollte oder so. Die Ärmste
würde morgen ihren Siebzigsten feiern
und er wäre der Einzige in der Familie,
der noch Kontakt zu ihr pflegte.
Die Eltern hätten sich vor einem Jahr
mit ihr zerstritten und so weiter.
Mit einem einzigen Auto bis Frankfurt!
Was war er nur für ein Idiot,
dass er diese Gelegenheit vergeigt hatte?
„Was ist denn nun?“, riss ihn Sandra
aus seinen Gedanken.
Er winkte ab.

„Nein, ich kauf noch Blumen und geh zu Fuß."
„Rosen?", fragte sie.
„Mal sehen."

Um sich nicht weiter über die verpasste Chance zu ärgern, wollte er sich nur noch verabschieden.
Sie standen auf, verließen das Restaurant.
Er begleitete sie bis zum Auto.
„Vielen Dank", sagte er. „Für das Essen und fürs Mitnehmen natürlich."
Und für die Idee, dass er sich neu erfinden konnte, dankte er ihr stillschweigend auch.
Sie stieg in ihr Auto, er überquerte die Straße.
Ohne zu wissen, wohin er ging, wandte er sich auf dem Gehweg nach links.
Orientieren wollte er sich, sobald sie losgefahren und außer Sichtweite war.

„Paolo!", rief sie hinter ihm her.
Erst nach einigen Schritten wurde ihm bewusst, dass er gemeint war. Er drehte sich um.

Sie war wieder ausgestiegen,
zeigte in die Gegenrichtung.
„Zu MacDoof geht's da lang!"
„Ich weiß!", antwortete Robin.
„Aber der Blumenladen ist da vorne
um die Ecke."
Er winkte ihr zu und ging unbeirrt weiter.
Alles ganz einfach.
Er setzte sich auf eine Bank
in der Fußgängerzone, zog Bilanz, wie sich
seine Situation durch die Fahrradpanne
verändert hatte. Fast hundert Kilometer hatte er
zwischen sich und seine Probleme gelegt.
Von seiner Reisekasse, den hundertzwanzig Euro
aus der Küchenschublade,
hatte er noch keinen Cent ausgeben müssen.
Sollte er sich eine Zugfahrt leisten?
Den Bahnhof zu finden, dürfte kein Problem sein.
Aber wohin sollte die Reise überhaupt gehen?
Mit Sandra wäre er bis Frankfurt gekommen.
Abgehakt. Zurück wollte er nicht. Das war klar.
Sollte er weiter auf den Zufall setzen?
Er brauchte sich nur an die Straße zu stellen.

Wenn jemand anhielt, konnte er einsteigen,
mitfahren und sich absetzen lassen,
wo der Betreffende hinfuhr. Oder …
Robin richtete sich auf.
Natürlich! Warum nicht Italien?
Genau! Paolo war nicht unterwegs
zu seiner Freundin, um mit ihr zu reden.
Paolos Plan sah vollkommen anders aus:
Er wollte nach Italien,
um seine Tante zu besuchen.
Johanna, die Schwester seiner Mutter,
würde ihn bestimmt erst einmal aufnehmen
und ihm helfen.
Immerhin war sie auch seine Patentante.
Das Ziel war festgelegt.
Nächster Schritt. Die Route.
Wenigstens ungefähr.
Kleine Umwege spielten keine Rolle.
Erst mal raus aus der Stadt.
Ein Stadtplan musste her. Und für unterwegs

brauchte er eine vernünftige Straßenkarte.
Auf der Suche nach einem Buchladen
kam er an der Touristen-Information vorbei.

Im Drehständer vor der Tür fand er
einen kostenlosen Plan des Nahverkehrsnetzes.
Der Stadtplan auf der Rückseite reichte aus,
um einen Überblick zu gewinnen. Kostenlos!
Dagegen kostete die Straßenkarte
für Deutschland plus Alpenländer und Italien,
die er sich in einem Buchladen zeigen ließ,
richtig Geld.

Würde Paolo die Karte unters T-Shirt schieben?
Nein. Das Risiko, wegen eines Diebstahls
erwischt zu werden und deshalb die Italienreise
zu gefährden, würde Paolo nicht eingehen.
Robin bezahlte die Karte an der Kasse
und deckte sich im nächsten Supermarkt
mit Proviant ein.
Eine Packung Kekse, ein halbes Dutzend
Schokoriegel und ein paar Coladosen brachten
die Reißverschlüsse des Rucksacks beinahe
zum Bersten.
Mit dem Bus fuhr er Richtung Stadtrand.

Wenn er die Grafik richtig verstanden hatte, lag die Endhaltestelle dieser Linie nur wenige hundert Meter von der Autobahnauffahrt Richtung Süden entfernt.

Als beim zweiten Halt des Stadtbusses Kontrolleure einstiegen, freute er sich geradezu, kontrolliert zu werden.
Nein, es war keine Schadenfreude, weil tatsächlich ein Mitfahrer erwischt wurde.
Robin freute sich, dass er einen Fahrschein vorweisen und auf Verlangen des Kontrolleurs sogar seinen Schülerausweis zeigen konnte.
„Bitte sehr“, sagte er gut gelaunt.
„Ist irgendwas?“, fragte der Kontrolleur.
Robin versuchte, seine Mimik wieder in den Griff zu bekommen. „Was soll sein?“
Irritiert ging der Kontrolleur weiter.
Er konnte nicht ahnen, dass sich Robin erst in letzter Sekunde entschieden hatte, einen Fahrschein zu lösen.
Kein Risiko. Paolos Methode.
Erneut hatte er alles richtig gemacht.

Es war ein gutes Gefühl, Herr der Lage zu sein.
Erst an der Autobahnauffahrt wurde
seine gute Stimmung gedämpft.
Sein Handy piepste.
SOS – Elternalarm! Er zuckte zusammen,
als wäre er nun doch beim Schwarzfahren
oder Klauen ertappt worden.
Ein Blick auf die Uhr. Exakt die Zeit,
zu der seine Mutter immer nach Hause kam.
Vermutlich hatte sein Bruder inzwischen
alles erzählt und sie war auf hundertachtzig.
Vielleicht machte sie sich auch Sorgen.
Jetzt mit ihr zu reden, kam nicht infrage.
Robin wartete, bis seine Mutter aufgegeben
hatte, und stellte das Telefon aus.
So würde auch der Akku länger halten.
Das Ladegerät lag nämlich zu Hause.
Und – fiel ihm jetzt noch ein – hätte man ihn
bei eingeschaltetem Handy nicht auch
orten können? Selbst der Anruf seiner Mutter
hatte also etwas Gutes.

In einer längeren und zwei kurzen
Etappen gelangte Robin weiter
Richtung Süden. Die beiden Männer,
die ihn mitgenommen hatten,
waren schweigsam gewesen.
Eine ältere Frau dagegen hielt ihm
während der gesamten Fahrt Vorträge
über die Gefahren des Trampens.
Kaum war er angeschnallt,
fing sie an zu predigen.
Robin machte gute Miene zum lästigen Spiel
und ließ die Standpauke über sich ergehen.
Um sie zu beruhigen,
zauberte er die nächste Geschichte aus dem Hut.
Eigentlich wäre er ja mit dem Zug
auf dem Weg nach Hause.
Allerdings hätte ihm jemand den Geldbeutel
und die Fahrkarte geklaut.
Er würde tierisch Ärger bekommen, wenn er
seinem Vater den Verlust beichten müsste.

„Zum Glück bin ich per Anhalter
super vorwärtsgekommen“, sagte er.
„Wenn es so weiterläuft,

bin ich vor meinem Vater zu Hause
und er merkt nichts."
Wie angekündigt, setzte die Dame bereits
an der nächsten Ausfahrt den Blinker,
um die Autobahn zu verlassen.
„Wenn Sie mich bitte absetzen, sobald Sie
anhalten können", bat Robin.
„Kommt nicht infrage", erwiderte sie.
„Für das letzte Stück nimmst du den Zug."
Robin wurde schnell klar,
dass sie tatsächlich nicht anhalten würde.
Sie wollte verhindern, dass er sich weiter
den Gefahren des Trampens aussetzte.
„Aber das geht doch nicht. Ich hab keinen Cent
in der Tasche", versuchte er diese
merkwürdige Form der Entführung abzuwenden.
Sie schaute ihn an, schüttelte den Kopf,
verdrehte die Augen Richtung Sonnenblende.
Genau wie seine Mutter, wenn sie
seine Argumente als die besseren erkannte,
aber trotzdem nicht klein beigeben wollte.
„Das lass meine Sorge sein."
Zielstrebig fuhr sie weiter.

Robin konnte es nicht fassen.
Reglos starrte er vor sich auf die Straße.
An was für eine durchgeknallte Schreckschraube
war er denn da geraten?
War die noch ganz gescheit?
So etwas nannte man Freiheitsberaubung!
Dafür konnte er sie sicher anzeigen.
Immer weiter entfernten sie sich
von der Autobahn. War es schon wieder vorbei
mit dem schnellen Vorankommen?

Endlich eine Stadt. Robin machte sich bereit,
bei der ersten roten Ampel aus dem Wagen
zu springen.
Er hatte Pech. Grüne Welle.
Erst vor dem Bahnhof fuhr die Frau
auf den Haltestreifen.
Robin fasste nach dem Türgriff.

Die Frau hielt ihn am Arm zurück.
„Moment. Du hast doch gar kein Geld."
Sie öffnete ihre Handtasche.

„Du gehst jetzt da rein und kaufst dir
eine Fahrkarte.“ Sie drückte ihm
einen Zehneuroschein in die Hand.
„Das müsste für das letzte Stück reichen.“
„Aber das geht doch nicht“, wehrte Robin ab.
„Sie können nicht einfach …“
„Kann ich wohl“, sagte die Frau.
„Ich habe auch Kinder.
Was hab ich mir für Sorgen gemacht,
als sie in deinem Alter waren. Und dass du dich
ja nicht mehr allein an die Straße stellst“,
ermahnte sie ihn zum Abschied.
Wenn er jetzt einen Aufstand machte,
würde sie am Ende noch Verdacht schöpfen
und die Polizei informieren.
„Danke“, sagte er also und steckte den Zehner
in die Hosentasche. „Das reicht locker
bis nach Hause. Tschüss.“

Er stapfte die Bahnhofstreppe hinauf
und drehte sich oben noch einmal um.

Würde sie warten, bis er im Bahnhof
verschwunden war? Tatsächlich.
Mit hektischen Handzeichen gab sie ihm
zu verstehen, dass er gefälligst reingehen sollte.
Was blieb ihm anderes übrig?
Hinter einem Zeitschriftenständer versteckt,
konnte er beobachten, wie sie endlich losfuhr.
„Wahnsinn“, sagte er leise zu sich selbst.
Kopfschüttelnd sah er sich um.
War er bei *Verstehen Sie Spaß?* gelandet?
Gab es irgendwo eine versteckte Kamera?
Diese letzten zwanzig Minuten waren doch nicht
wirklich passiert? Doch. Es gab Beweise.
Den Zehner in der Hosentasche zum Beispiel.
„Entschuldigung, wo sind wir hier eigentlich?“,
sprach Robin einen Herrn in dunklem Anzug an.
Der Fremde musterte ihn voller Misstrauen,
schüttelte den Kopf und
rollerte mit seinem Koffer davon.
Robin erkannte die komische Seite
seiner Situation und musste lachen.
Diese seltsame Mami war es ohnehin nicht wert,
sich zu ärgern.

So kompliziert war es auch wieder nicht,
zur Autobahn zurückzukehren.
Mit dem Zug würde er jedenfalls nicht fahren.
Er schlenderte durch die Bahnhofshalle,
kaufte sich einen Döner.
Der Mann hinter dem Tresen reichte ihm
einen prall gefüllten Fladen.
Schon beim ersten Bissen quoll die Soße
seitlich heraus.
Ehe er den Bahnhof verließ, warf Robin
einen misstrauischen Blick auf den Parkplatz.
Die durchgeknallte Alte war nirgends zu sehen.
Zu Fuß nahm er die Richtung,
aus der sie gekommen waren.
Sollte er sich schon um einen Schlafplatz
kümmern? Möglichst einen, der nichts kostete.
Zumindest nicht viel.
Bei den angenehmen Temperaturen war es
kein Problem, draußen zu übernachten.
Oder war es sinnvoller, sich sofort wieder
zurück zur Autobahn zu orientieren?
Robin hatte gerade den triefenden Döner
bezwungen, als er einen Park erreichte.

Zwei Feierabendteams kickten
auf improvisierte Tore.
Er schaute eine Zeit lang zu,
ließ seinen Blick über die Leute schweifen,
die auf Jacken, Decken oder einfach nur so
im Gras liegend die Nachmittagssonne genossen.
Ob er hier ein Plätzchen finden würde?

Er ging zum Brunnen in der Mitte des Parks.
Auf der breiten Treppe saßen Jugendliche.
Ringsherum balgten sich frei laufende Hunde.
Robin grüßte die Gleichaltrigen mit knapper
Handbewegung, wusch sich Finger und Gesicht
im Brunnenwasser und setzte sich dazu.
„Neu hier?", sprach ihn ein Mädchen mit
kariertem Schottenrock und grünen Haaren an.
Robin nickte.
„Weißt du, wo man hier pennen kann?"
„Bisschen früh, oder?", fragte sie grinsend.
„Heute Nacht", erwiderte Robin
möglichst locker.

„Wo kommst du denn her?“, mischte sich
der Junge neben der Schottin ein.
Robin zögerte. Ging es diesen Typ was an?
„Buxtehude“, sagte er knapp.
Die Schottin lachte. „Gibt’s doch gar nicht.“
„Echt jetzt?“, fragte der Junge gleichzeitig.
Eigentlich hatte Robin eine feindselige Reaktion
erwartet.
„Natürlich gibt es Buxtehude.
Liegt südlich von Hamburg“, erwiderte er.
„Es glaubt dir nur keiner, wenn du wirklich
da herkommst.“
Die Schottin tippte sich an die Stirn.
„Erzähl keine Märchen.“
„Doch, das gibt es wirklich“,
unterstützte der Junge Robins Aussage.
„Sieh auf der Karte nach.“
Er trug eine schwarze Hose, die hauptsächlich
aus Löchern und Rissen bestand, und
ein schwarzes T-Shirt mit Totenkopf.
„Was machst du hier?“
„Ich suche einen Schlafplatz.“
„Das hab ich kapiert“, sagte er gedehnt.

„Wieso bist du nicht in deinem Buxtehude?“
„Abgehauen“, antwortete Robin der Wahrheit
entsprechend. Aber schon im nächsten Satz
ließ er seiner Fantasie wieder freien Lauf.
„Vor den Bullen.“
„Erzähl keinen Quatsch.“
„Wenn es aber stimmt?“
Die Schottin lehnte sich zurück,
musterte ihn ausführlich.
„Siehst gar nicht aus wie einer,
der etwas ausgefressen hat.
Weshalb sind sie denn hinter dir her?“
„Hab vor einem halben Jahr ein Auto gecrasht.
Zusammen mit drei Kumpels. Nächste Woche
wäre Verhandlung. Jetzt kommt auch noch
Körperverletzung dazu.“
Robin zog eine Menge Neugieriger an.
Die Gruppe um ihn herum wurde größer.
„Hab einen Lehrer die Treppe runtergeschmissen.
Ist leider nicht mehr aufgestanden.“

„Wie? Ist er tot?“, fragte die Schottin.
„Ach was. Konnte sich bloß nicht mehr
bewegen.“

„Gab's einen Grund?", fragte der Junge
mit dem Totenkopfshirt.
„Der Arsch hat mich gestoßen.
Hab nur dagegen gehalten."
„Wieso wirst du gesucht, wenn's Notwehr war?",
fragte der Totenkopf.
„Ich sag doch, dass es nicht nur
wegen der einen Sache ist", erwiderte Robin.
„Was glaubst du, wie der Richter reagiert,
wenn er von der zweiten Sache hört?"
Der Junge nickte. „Zeugen gab's wohl keine?"
Robin besann sich einen Augenblick.
Das Einfachste wäre gewesen, zwischendurch
wieder mal die Wahrheit zu erzählen.
Aber wer würde ihm glauben,
dass sein eigener Bruder sich geweigert hatte,
für ihn auszusagen? Machte es überhaupt Sinn,
sich in Bruchstücken der Wahrheit zu bedienen?
Woher kam das Bedürfnis, immer wieder Stellen
einzubauen, die der Wirklichkeit entsprachen?
Glaubte er, seine Geschichte wirkte echter,
wenn er wahre Brocken einstreute?
Oder reichte seine Fantasie nicht aus?

Für heute hatte er jedenfalls genug von sich preisgegeben. Was ging diese Leute hier die Wahrheit an?
Er schüttelte den Kopf. „Nein. Keine Zeugen."
„Und weiter?", fragte der Junge.
„Bin abgehauen."
„Wie lange bist du schon unterwegs?", wollte ein Mädchen von weiter hinten wissen.
„Was für einen Tag haben wir heute?", fragte Robin und tat so, als hätte er sein Zeitgefühl verloren.
„Donnerstag."
„Echt?", erwiderte er. „Dann seit einer Woche."
„Willst uns wohl verarschen", sagte die Schottin.
„Wenn du es nicht glauben willst."
Sie musterte ihn ausführlich.
„Du bist noch keine zwei Tage unterwegs."
„Weil ich nicht so abgerissen rumlaufe?"
Auch dafür fand Robin eine Erklärung.
„Ich war bis heute Früh bei einem Kumpel. Der hatte sturmfrei. Heute kommen seine Alten zurück und ich musste raus."
„Wo willst du hin?", fragte der Totenkopf.

„Italien."

„Nicht schlecht. Wo genau?"

„Florenz. Das heißt, nicht weit von Florenz. Hab da einen Onkel. Der restauriert alte Sachen und verscherbelt sie an Geldsäcke."

„Und der schickt dich nicht wieder nach Hause?"

Robin schüttelte entschieden den Kopf.

„Wohl kaum. Mein Alter und er hassen sich."

„Und dieser Lehrer?", fragte nun wieder die Schottin. „Der ist dir wohl egal."

Robin zuckte mit den Schultern.

„Natürlich nicht. Ich wollte mich ja um ihn kümmern. Und was macht er? Brüllt mich an. Ich soll mich verpissen. Und er würde mich schon drankriegen. Da hab ich ihn eben liegen lassen."

„Lehrer verdreschen ist in Ordnung", meinte der Junge.

Er reichte Robin ein Bier. „Ich bin Beule."

Robin nahm die Flasche entgegen.
Auch die andern hoben ihre Flaschen,
stellten sich beim Anstoßen
mit ebenso seltsamen Namen vor.
„Nessie, Kante, Knusper, Ulle …"
„Paolo", sagte Robin. Er hatte sich bereits
an diesen Namen gewöhnt.
Mindestens die Hälfte der Leute am Brunnen
hatte Hunde dabei, die überall
herumschnüffelten und sich balgten.
Robin schien jeden dieser Vierbeiner anzuziehen.
Er wusste sich kaum zu retten.
Witterten sie noch den Döner?
Ein Glück, dass er gut mit Hunden konnte.
Robin war am örtlichen Punkertreff gelandet.
Bier, Wein, Alkopops, aber auch härtere Sachen
machten die Runde.
Die meisten Leute waren älter als er.
Selbst wenn er sich für sechzehn ausgab.
Der Abend wurde laut, die Stimmung mit jeder
neu aufgemachten Flasche ausgelassener.
Als nach Einbruch der Dunkelheit auf der Straße
vor dem Park eine Polizeistreife hielt,

ging der Geräuschpegel erstaunlich schnell
gegen null.
Instinktiv angelte Robin nach seinem Rucksack,
der zwei Stufen über ihm lag.
„Kontrollieren die jetzt?“, raunte er Nessie zu.
In dem Fall wollte er versuchen,
sich möglichst unauffällig zu verdrücken.
Automatisch zog er die Reißverschlüsse zu.
Er war bereit.
Nessie legte ihm die Hand auf den Arm.
„Keine Panik. Die wollen nur spielen.“
Sie lachte. „Jeden Abend dasselbe.
Ein paar Spießer beschweren sich
und die Bullen müssen zeigen,
dass sie ihr Geld nicht für umsonst kriegen.“
„Entspann dich, Alder“, sagte Kante mit
schwerer Zunge. „Die ziehen gleich wieder ab.“
„Richtige Kontrolle machen die nur einmal
die Woche“, erklärte Nessie. „Waren erst
gestern hier. Die haben heut gar keinen Bock
auf uns.“
Die Polizisten blieben im Wagen sitzen. Nach
fünf Minuten fuhren sie im Schritttempo weiter.

Aufbruchstimmung hatten sie trotzdem
ausgelöst.
Erfahrungsgemäß würden sie
in etwa einer Viertelstunde
die nächste Runde drehen.
Bis dahin wollte keiner warten.
Das gehörte offenbar alles zum Spiel.
„Was ist denn nun?“, fragte Robin.
„Weiß jemand was für mich?“
„Komm mit“, erwiderte Nessie,
ohne näher Auskunft zu geben.
Erst als Robin aufstand,
spürte er die Wirkung des Alkohols.
Er selbst hatte zwar nur Cola
zum allgemeinen Gelage beigetragen,
bei den ständig kreisenden Flaschen
aber doch den einen oder anderen Schluck
Alkohol erwischt.
Nach ein paar Schritten fühlte er sich jedoch
einigermaßen im Lot.

Er folgte Nessie und zwei Jungen,
deren Namen er schon wieder vergessen hatte.
Ein Hund war natürlich auch dabei.

Wie der hieß, hatte Robin sich merken können.
Pitbull.
Ein eigentümlicher Name
für einen harmlosen Straßenköter,
der jeden mit treuen Augen anbettelte.
Robin war überrascht, als sie
auf einem Kinderspielplatz haltmachten.
Die Holzhütte, auf der tagsüber kleine Kinder
herumkletterten, war als Schlafplatz
allerdings nicht übel.
Gerade ausreichend Platz für vier Leute
und einen Hund, der sich ungeniert
in der Mitte der Schläfergruppe breitmachte.

Das Erste, was Robin am Morgen spürte,
waren dumpfe Kopfschmerzen.
Anscheinend hatte er am Vorabend
doch zu viel Alkohol zu sich genommen.
Und auf die Zigarette,
die er hustend versucht hatte zu rauchen,
hätte er sicher auch besser verzichtet.

Die anderen schliefen noch. Der Hund
benutzte Robins Bein zutraulich als Kopfkissen.
Robin sah auf die Uhr. Kurz vor sieben.
Pitbull richtete sich auf, reckte seinen Körper,
drehte sich einmal um die eigene Achse
und legte sich wieder hin.
Robin zog seinen Rucksack heran.
Hatte er im vorderen Fach nicht
ein paar Kopfschmerztabletten?
Er wollte eine nehmen und dann weiterschlafen,
bis er sich besser fühlte.
Das Fach war leer.
Ganz leer.
Robin richtete sich auf,
wühlte in den anderen Seitentaschen.
Kein Handy. Kein Geldbeutel.
Er öffnete den Reißverschluss des Hauptfaches,
zerrte alle Sachen heraus und warf sie
auf die Erde. Nichts.
„Oh Mann, Scheiße!“

Wütend schleuderte er den leeren Rucksack
auf den Boden.
„Was brüllst du denn so rum?“, maulte Nessie

und zeigte blinzelnd ihr verschlafenes
Knautschgesicht. Pitbull sprang auf und bellte.
Nun schreckten auch die anderen beiden hoch.
„Ich bin beklaut worden, verdammt!“,
rief Robin.
„Was? Hier? Jetzt? Heute Nacht?“
Nessie versuchte klar zu werden.
„Wo denn sonst?“, raunzte Robin sie an.
„Kann ich mir nicht vorstellen“,
grummelte Pitbulls Besitzer,
während er seinem Hund das Maul zuhielt.
„Bist du jetzt mal still!“
„Ich denk mir das aus, ja?“, fuhr Robin ihn an.
„Hab ich das behauptet?“, fragte er zurück.
„Wenn heut Nacht einer hier gewesen wäre,
hätte Pitbull Theater gemacht.“
„Und wie sind meine Sachen aus dem Rucksack
verschwunden?“, schnauzte Robin ihn an.
Mit einem Mal machte der harmlos aussehende
Mischling seinem Namen alle Ehre.
Pitbull zerrte am Halsband, knurrte Robin an
und fletschte die Zähne.
Sein Herrchen hatte Recht.

Pitbull konnte ordentlich Theater machen.
„Aus jetzt!“ Der Punk wandte sich an Robin.
„Siehst du? Es kann nicht hier passiert sein.“
Er zuckte bedauernd mit den Schultern.
„Vielleicht im Park? Tut mir echt leid, Alder.
Kann man nichts machen.“
Plötzlich hatte Robin die Szene mit den Bullen
vor Augen. Als sie angekommen waren,
hatte er nach seinem Rucksack gegriffen.
Jetzt fiel ihm auch wieder ein,
dass er sich über den offenen Reißverschluss
gewundert hatte.
„Scheiße, verdammte!“
Er stopfte seine Sachen zurück
und verließ grußlos den Schlafplatz.
„Sieht man dich mal wieder?“, rief Nessie
hinter ihm her.
„Lass doch den Spinner“, hörte Robin einen
der Jungen sagen. „Der erzählt eh nur Scheiß.“
Dann war Robin um die Ecke.
Gab es einen Weg, Geld und Handy
wiederzubeschaffen?
Zur Polizei konnte er schlecht gehen.

Sollte er bis heute Abend in der Stadt bleiben,
die Leute am Brunnen fragen,
wer seine Finger nicht bei sich behalten konnte?
Das machte auch keinen Sinn.
Er musste mit dem Verlust leben.
Blick nach vorn.
Wie kam er hier wieder weg?
Schließlich wollte er nach Italien.
Wenigstens darüber war er sich inzwischen
im Klaren.
Auch wenn er am Vorabend von einem Onkel
erzählt hatte, die Tante gab es ja wirklich.
Allerdings hatte Johanna nichts
mit Möbeln zu tun.
Sie reparierte alte Boote
und brachte Touristen das Segeln bei.
Dass sein Vater und Johanna sich hassten,
stimmte auch nicht.
Allerdings sprach Robins Vater meist
etwas herablassend von seiner Schwester.
Er konnte mit ihrem scheinbar sorglosen,
lockeren Lebensstil nichts anfangen.

Also, ab nach Süden. Doch wie sollte er ohne Ausweis über die Grenze kommen?
Ohne Ausweis?
Moment mal – im Geldbeutel war doch nur sein Schülerausweis gewesen.
Den Personalausweis hatte er in der Jackentasche gehabt.
Robin zerrte die Jacke aus dem Rucksack und fand den Pass tatsächlich in der Brusttasche.
„Yes!“ Er ballte die Siegerfaust. Die zehn Euro seiner „Entführerin“ hatte er noch.
Den Döner hatte er aus dem Geldbeutel bezahlt.
Den Verlust des Handys konnte er verkraften.
Wollte er etwa angerufen werden?
Er ging in den nächsten Laden, gönnte sich zum Frühstück ein paar belegte Brötchen, eine Tüte Milch und für unterwegs noch ein halbes Dutzend Bananen.

Gestärkt und mit neuer Hoffnung machte er sich wieder auf den Weg.

Immerhin hatte er bereits einen Tag
auf der Straße verbracht.
Sich neuen Optimismus einzureden,
war nicht schwer.
Ihn aufrechtzuerhalten schon.
Er musste drei Kilometer laufen, ehe er
eine zum Trampen geeignete Stelle erreichte.
Und dann hielt keiner. Egal, ob Robin
anschließend den Mittelfinger zeigte oder nicht.
Nach zwei Stunden Wartezeit kam er
schlappe fünf Kilometer voran.
Nach einer weiteren Stunde setzte ihn endlich
ein Fahrer an der Auffahrt zur Autobahn ab.
Dort hieß es, sich weiter in Geduld üben.
Missmutig kickte Robin Steine über die Straße,
traf dabei zufällig das Autobahnschild.
Er machte sich einen Sport daraus,
darauf zu zielen.
Keine weiteren Treffer.
Nicht einmal bei dieser stumpfsinnigen
Beschäftigung hatte er noch Glück.
Fast hätte er wegen der Kickerei
das Polizeiauto übersehen.

Er sprang über die Leitplanke,
lief die Böschung hinunter und
versteckte sich im angrenzenden Maisfeld.
Der Streifenwagen fuhr weiter.
Robin war den Beamten nicht aufgefallen.
Zur Sicherheit blieb er noch eine Zeit lang
am Rand des Maisfeldes hocken.
Kaum hatte er sich wieder hervorgewagt,
hielt doch ein Auto an.
„Wohin fahren Sie?“, fragte Robin,
ehe der Fahrer selbst das Wort
an ihn richten konnte.
„Bis kurz hinter München.“
„Super.“ Robin stieg ein.
Er warf einen Blick auf die Uhr
im Armaturenbrett. Vielleicht schaffte er es
heute sogar noch bis zur Grenze.
Auch mit dem Fahrer schien er es gut getroffen
zu haben. Er quatschte nicht die ganze Zeit
und war auch kein Moralapostel,

der ihn gleich wieder nach dem Alter fragte
und am nächsten Bahnhof absetzte.
Der Typ hatte zwar etwas zu viel Rasierwasser

erwischt, aber mit dem neuen Tagesziel
vor Augen würde Robin diesen Angriff
auf seinen Geruchssinn locker aushalten.
Wie alt mochte der Typ sein?
So alt wie Robins Vater?
Vielleicht etwas älter?
Jedenfalls legte er deutlich mehr Wert
auf sein Äußeres.
Robins Mutter regte sich immer auf,
dass sein Vater stets im selben
abgewetzten Anzug zur Arbeit fuhr.
Was für ein Beruf
würde zu diesem Typ passen?
Dem Auto nach verdiente er ordentlich.

Vertreter? Nein, zu normal.
Vielleicht ein Werbefuzzi? Oder was mit Mode?
Für einen Moment meinte Robin,
der Fahrer käme ihm bekannt vor.
Hatte er ihn mal im Fernsehen gesehen?
Eine ehemalige Sportgröße? Egal.

Robin blickte in die Landschaft, spürte
für einen Augenblick sein eigenes Lächeln
und nickte ein.

Unsanft wurde er zurück
in die Wirklichkeit gerissen.
Der Gurt straffte sich über seinem Körper.
Reifen quietschten.
Instinktiv riss Robin schützend die Arme hoch.
„Hast du dich erschrocken?“, fragte der Fahrer.
„Nichts passiert. Nur ein Stau.“
Beruhigend legte er seine Hand auf Robins Bein.
Der Körperkontakt ließ Robin erschauern.
So weit wie möglich rückte er
auf dem Beifahrersitz zur Tür.
Robin bekam eine Gänsehaut.
„Ist dir kalt?“, fragte der Fahrer.
„Ist die Klimaanlage zu niedrig eingestellt?“
Seine Finger glitten zielsicher über die Regler.
„Wird gleich wärmer.“

Mit einer weiteren Handbewegung
schaltete er das Radio ein –
exakt zum Piepton des Verkehrsfunks.

Gemeldet wurde ein Stau
von fünfzehn Kilometern Länge.
„Achtung“, mahnte die Frau im Radio,
„das Ende des Staus liegt hinter einer Kurve.“
„Das sind wir“, bemerkte der Fahrer
beinahe stolz. „Warum hab ich das Ding nicht
zehn Minuten früher angestellt?
Dann hätte ich
die letzte Ausfahrt nehmen können.“
Im Rhythmus des Radiosongs trommelte er
mit den Fingern aufs Lenkrad.
„Na ja, ich wollte dich nicht wecken.
Du hast so sanft geschlafen.“
Er drehte den Kopf und blickte
Robin in die Augen.
„Sollen wir den Stau überlisten
und ein Stück Landstraße fahren?“
Ohne festmachen zu können,
woran es genau lag, fühlte sich Robin
in diesem Auto nicht mehr wohl.
Erwartete der Fahrer ernsthaft,
dass Robin über die weitere Route entschied?
Er kannte sich in dieser Gegend ja nicht aus.

Das zuzugeben, wäre allerdings
ein fataler Fehler gewesen.
Womöglich würde dieser Typ auch anfangen,
neugierige Fragen zu stellen.
„Meinetwegen“, sagte Robin. „Hauptsache
wir kommen voran.“
Der Fahrer nahm eine Landkarte
aus dem Seitenfach der Fahrertür
und faltete sie über dem Lenkrad auf.
Im Kriechtempo fuhren die Autos vor ihnen
einige Meter weiter.
Zwischen Karte und Straße hin- und herblickend,
zuckelte der Fahrer ein Stückchen weiter.
„Hab ich’s doch geahnt. Fast zwanzig Kilometer
bis zur nächsten Ausfahrt. Unmöglich,
den Stau zu umfahren.“
Er faltete die Karte zusammen und reichte sie
seinem Beifahrer. Wohin damit?
Robin öffnete das Handschuhfach
und warf die Karte achtlos auf
 die darin liegenden Zeitschriften.
Noch während er das Fach zuklappte,
wurde ihm heiß. Hatte er richtig gesehen?

Waren das Aktfotos von Kindern gewesen?
Ach was, das bildete er sich nur ein.
Nach einigen hundert Metern Schritttempo
scherte der Fahrer plötzlich rechts aus
und fuhr auf dem Standstreifen am Stau vorbei.
Weit schneller, als Robin lieb war.
Wenn von den Fahrern vor ihnen auch nur
ein einziger auf dieselbe Idee kam und ausscherte,
war ein Crash vorprogrammiert.
Robin stemmte die Füße gegen das Bodenblech.
„Keine Sorge, alles im Griff",
sagte der Fahrer lächelnd.
Robin brach der Schweiß aus.
Die nächsten Minuten
waren für ihn ein Horrortrip.
Endlich tauchte vor ihnen ein Hinweisschild auf.
Rastplatz.
Da wollte der Typ also hin.
Sie befanden sich wieder
auf der normalen Fahrbahn.
Der Ausfahrt zum Rastplatz.
Der Fahrer strahlte Robin an.
„Ist das nicht ein Riesenglück?

Wir sparen uns die Warterei im Stau
und gehen hier gemütlich was essen."
Robin musste sich sammeln.
„Danke, ich habe gerade erst gegessen."
Er brauchte einen Vorwand,
sich der Gesellschaft dieses Amokfahrers
zu entziehen.
Ihm war nicht nur die Fahrweise unangenehm.
Auch die flüchtige Berührung vorhin,
die Bilder im Handschuhfach und
die merkwürdigen Blicke dieses Mannes
waren ihm nicht geheuer.
Robin deutete auf die Bänke
auf dem Grünstreifen neben sich.
„Ich setz mich solange hier in die Sonne."
„Wenn du meinst",
erwiderte der Fahrer entspannt.
„Eine hübsche Idee. Setzen wir uns ein wenig.
So groß ist mein Hunger auch nicht."
Warum war der Typ so anhänglich?

Es gab nur eine Erklärung:
Der Kerl hatte es auf Robin abgesehen.
Robin wollte ohne großes Theater verschwinden.

„Ich muss mal eben zur Toilette."
Er nahm den Rucksack.
„Hast du Angst, ich klau dir was und hau ab?",
scherzte der Fahrer und machte
eine knappe Kopfbewegung Richtung Stau.
„Selbst wenn ich wollte, hier geht gar nichts."
Robin ließ sich nicht beirren. Auf keinen Fall
würde er seinen Rucksack im Auto zurücklassen.
„Ich will mir nur eine kurze Hose anziehen",
erwiderte er.
Kurze Hose? Bescheuert!
Er hatte nicht einmal eine dabei.
Weshalb fiel ihm keine bessere Ausrede ein?
„Dann bis gleich", antwortete der Fahrer arglos.
Bewusst langsam schlenderte Robin
zum Hauptgebäude des Rasthofs.
Bloß kein Misstrauen erwecken.
Die ganze Zeit glaubte er in seinem Rücken
den Blick des Fahrers zu spüren.
Kaum um die Ecke, rannte er los.
Zunächst tatsächlich zur Toilette.
Er drehte das kalte Wasser an,
hielt den Kopf unter den Strahl.

Das tat gut. Er richtete sich auf.
Sein erschöpftes Spiegelbild blickte ihm entgegen.
Erschöpft? Völlig fertig!
Die Tür hinter ihm ging auf.
War ihm der Fahrer gefolgt?
Nein, es war nur ein kleiner Junge,
der schüchtern einen Guten Tag wünschte.
Robin grüßte erleichtert zurück.
Nun ließ er sich schon von einem kleinen Jungen
in Panik versetzen.
Vorsichtig öffnete Robin die Tür,
blickte durch den Spalt nach draußen.
Wenn ihm der Typ auf der Treppe begegnete,
würde er lächeln, als träfe er
einen alten Bekannten.
Ein lockeres „Bis gleich“ würde sich gut machen.
Die Luft war jedoch rein.
Direkt neben dem Eingang des Restaurants
stand ein Schaukasten mit Umgebungskarte.
Die war Robin beim Reingehen
nicht aufgefallen.
Er versuchte sich die Gegend einzuprägen.
Eine Zulieferstraße führte im rechten Winkel

vom Gelände der Raststätte in einen Ort,
dessen Namen er noch nie gehört hatte.
Egal. Auf dieser Straße kam er wenigstens weg.
Immer dicht an der Außenwand der Gebäude,
näherte er sich den Zapfsäulen.
Ständig blickte er sich um und
vergewisserte sich,
dass der Typ ihm nicht folgte.
Als Robin sah, dass die Zulieferstraße
mit einer Schranke gesichert war,
wurde er schlagartig ruhiger.
Die schmale Straße führte leicht bergab
durch den Wald.
Im Schatten der Bäume war die Luft
nicht mehr so drückend heiß wie auf der
asphaltierten Hochfläche des Rastplatzes.
Am Straßenrand wuchsen Walderdbeeren.
Hoch über Robins Kopf zwitscherten die Vögel.
Natur pur.
Er kam sich vor wie beim Schulwandertag.

Während er abwärtstrottete,
wanderten seine Gedanken nach Hause.
Seine Eltern machten sich inzwischen
garantiert Sorgen.
Oder waren sie einfach nur sauer?
Vor allem sein Vater hatte vermutlich
einen dicken Hals.
Hatte ihm sein Lehrer inzwischen
die Polizei ins Haus geschickt?
Was hatte Robins Bruder Leon den Eltern
mittlerweile erzählt? Behauptete er noch immer,
dass er nichts gesehen hätte?
Dass er einen Augenblick zu spät
um die Ecke gekommen war,
um als Zeuge aussagen zu können?
Dieser Schisser!
Immer schön brav bei der Wahrheit bleiben!
Wenn es nach Leon ging, nicht hundert,
sondern hundertzehn Prozent.
Am wütendsten machte Robin, dass sein Bruder
ihm in weinerlichem Ton versichert hatte,
Robins Version der Geschichte zu glauben.
Aber er könne doch nicht anders.

Er habe doch wirklich nichts gesehen.
Ein einziger Satz aus seinem Mund hätte genügt:
Nein, mein Bruder hat den Lehrer
nicht gestoßen.
War das zu viel verlangt?
Es war nicht mal gelogen! Gab es
einen schlimmeren Streber als seinen Bruder?
Immer ordentlich. Immer Liebkind.
Klar, dass Robin dagegen immer schlecht
aussehen musste. Vor allem bei seinen Eltern,
die ihm ständig die besseren Noten
des jüngeren Bruders vorhielten.
Nichts konnte Robin ihnen recht machen.

Erst als ein Hund auf ihn zusprintete,
wurde Robin in die Gegenwart zurückgeholt.
Pfeilgerade schnellte der Mischling, der Robin
etwa bis zum Knie reichte, auf ihn zu.
Die Pfoten klickten auf dem Asphalt.
Wenige Meter vor Robin drehte der Hund ab,
umrundete ihn bellend.

Er hatte große Ähnlichkeit mit Pitbull.
Konnte glatt aus demselben Wurf stammen.
„Was machst du denn hier allein im Wald?“,
sprach Robin ihn an.
Breitbeinig baute sich der Hund vor ihm auf,
bellte weiter, wedelte aber gleichzeitig
mit dem Schwanz. Robin kniete nieder.
„Bist du auch von zu Hause abgehauen?“
Er hob den Kopf, um nach einem Herrchen
Ausschau zu halten.
Kein Mensch weit und breit.
Doch.
„Basti!“, ertönte eine helle Stimme
von weiter unten. „Basti, wo steckst du?“
Der Hund, der sich inzwischen
auf den Rücken geworfen hatte,
um sich den Bauch kraulen zu lassen,
richtete sich wieder auf und gab Laut.
„Bei Fuß!“
Der Hund reagierte wie auf einen Startschuss,

sauste die Straße hinunter, um sich
von einem Mädchen in Robins Alter
gehörig ausschimpfen zu lassen.

„Tut mir leid“, sprach ihn das Mädchen an, als er bei ihm ankam. „Er ist mir ausgebüxt.“
„Macht doch nichts“, antwortete Robin. „Er ist ja total zutraulich.“
„Findest du?“, fragte sie zweifelnd. „Ich hab immer ein schlechtes Gewissen, wenn er abzischt. Wäre nicht das erste Mal, dass er jemanden in Panik versetzt. Manchmal schießt er auf Fremde los, als wollte er sie fressen. Alter Angeber. Spielt gern den großen Macker. Dabei geht er mit jedem mit, sobald er was zu fressen wittert.“
Robin lachte. „Riech ich nach Hundefutter?“
„Für mich nicht“, antwortete sie. „Aber vielleicht hast du was Leckeres im Rucksack.“
„Nicht, dass ich wüsste.“
Oder hatte der Hund den Geruch der leeren Proviantüte aufgenommen?
Das Mädchen blickte über Robins Schulter. „Bist du allein unterwegs?“, fragte es, als es niemanden entdeckte.
„Ja, wieso?“

„Ich würde ohne den Hund kaum allein
im Wald herumspazieren.
Wäre mir zu langweilig.“
„Geplant hab ich diesen Waldspaziergang nicht.“
Sie sah in fragend an.
„Ich bin auf dem Weg nach Italien“,
antwortete Robin nach kurzem Zögern.
Sie lachte.
„Zu Fuß? Durch den Wald? Nach Italien?“
Er deutete mit dem Daumen hinter sich.
„Ich komme von der Raststätte.
Bin eigentlich per Anhalter unterwegs.
Auf der Autobahn geht nichts mehr.
Riesenstau.“
„Italien?“, fragte sie zweifelnd.
„Und was willst du da?“
„Ferien machen.“ Robin zeigte bergabwärts.
„Komme ich da unten auf eine Landstraße?“
„Zwei-, dreihundert Meter. Ich kann dir zeigen,
wo du am besten stehst.“

„Super.“
Endlich ein menschliches Wesen,
das ihm auf Anhieb sympathisch war.

Und hübsch war sie auch. Sehr hübsch.
Sie blickte ihn verwundert an.
Hatte er sie zu lange angestarrt?
„Wo steckt dein Hund?“,
versuchte er abzulenken und entdeckte
den Mischling im Unterholz.

Robin pfiff auf zwei Fingern.
„Basti! Bei Fuß!“
„Woher kennst du seinen Namen?“,
fragte sie verwundert.
„Er hat sich mir vorgestellt.“
„Was?“
„Du hast ihn vorhin gerufen“, erklärte er
lachend. „Und wie heißt du?“
„Tessa.“
„Paolo“, stellte er sich vor.
„Du hast sicher selbst einen Hund“,
vermutete Tessa, während sie
bergab schlenderten.
Robin schüttelte den Kopf.

„Ich hätte gerne einen."

„Aber?"

Was und wie viel wollte er ihr erzählen?

„Mein Bruder hat Asthma.
Inklusive Tierhaarallergie."

„Doof."

„Woher weißt du, dass er doof ist?
Du kennst ihn doch gar nicht."

Tessa lachte. „Doof, dass er allergisch ist."

„Doof ist er trotzdem."

„Und du fährst wirklich allein per Anhalter nach Italien?", fragte Tessa. „Meine Mutter würde das nie erlauben."

Robin blies die Backen auf.

„Kannst du was für dich behalten?"

Sie nickte.

„Meine Eltern glauben, ich wäre
mit dem Zug unterwegs. Ich bin aber schon
am ersten Bahnhof ausgestiegen,
um das Geld zu sparen."

„Bekommt man das Geld zurück,
wenn man die Fahrkarte schon benutzt hat?“
„Meine Eltern haben mich losgeschickt,
die Karte selbst zu kaufen.“
Er hielt den Zeigefinger an die Lippen.
„Ich hab das von vornherein so geplant
und nur bis zum ersten Halt bezahlt.“
„Und wo ist dein Gepäck?“
Robin zuckte mit den Schultern.
Wo war sein Gepäck?
Für einen Sommerurlaub in Italien nur
einen Tagesrucksack auf dem Rücken zu haben,
war wenig wahrscheinlich.
„Den Koffer hat meine Mutter
letzte Woche Freunden mitgegeben.
Damit ich ihn nicht schleppen muss.“
„Wie praktisch“, sagte Tessa.
„Und wenn sie es merken?“
„Wie denn?“, fragte Robin. „Falls sie anrufen,
tue ich so, als wäre ich gerade da, wo ich
laut Fahrplan sein müsste.“
„Wo wärst du jetzt?“, fragte Tessa.
Robin sah auf die Uhr.

„Würzburg", antwortete er, als würde er den Fahrplan auswendig kennen.
„Ich würde mich so was nie trauen."
„Ach, ist doch kein Problem", sagte Robin.
„Und hinterher kann ich mir
einen neuen Brenner
für meinen Computer leisten."
Sie erreichten die ersten Häuser,
stießen auf die Landstraße, auf der er nun
sein Glück versuchen wollte.
Noch in Tessas Beisein kam ein Auto.

Robin hob den Daumen.
Sie lachte schon wieder.
„Was?", fragte Robin.
„Bist du sicher, dass du nach Italien willst?"
Womit hatte er sich verraten?
„Ja, klar", erwiderte er krächzend. „Wieso?"
Tessa schmiss sich beinahe weg vor Lachen.
Der Hund fing an zu bellen.
„Auf dieser Straßenseite

geht's Richtung Norden“,
sagte sie mit Tränen in den Augen.
Nun musste auch Robin lachen. „Schön blöd.“
Gemeinsam gingen sie auf die andere Seite.
Da auf der schnurgeraden Straße ohnehin
kein weiteres Auto zu sehen war,
setzten sie sich auf eine Gartenmauer.
„Stört es dich, wenn ich noch bleibe?“
„Überhaupt nicht, wieso?“
Tessa zeigte auf Basti. „Ein trampender Hund
wird deine Chancen kaum erhöhen.“
„Wenn ein Auto kommt,
bleibst du einfach sitzen.
Dann merken die schon, dass nur ich mitwill.
Ich bin schon den ganzen Tag allein.“
Robin schien jedoch
an der unbefahrensten Straße
der ganzen Republik zu stehen.
Schön für den Hund. Auf diese Weise bekam er
gleich von zwei Leuten Streicheleinheiten.
„Sag mal“, meinte Tessa nach einer Weile,
„das mit Italien. Das stimmt doch nicht.“
Ohne den Blick zu heben, kraulte Robin weiter.

Tessa schien sich nicht jeden Bären aufbinden zu lassen.
„Im Prinzip schon“, erwiderte Robin.
„Aber?“
Er sah ihr in die Augen.
„Das mit der Fahrkarte ist nicht wahr.
Bin eigentlich mit meinen Eltern unterwegs.“
Er musste lachen, weil er sich bereits
in der nächsten Geschichte befand.
Die kam ihm selbst komisch vor.
„Wenn ich das erzähle,
glaubst du mir erst recht nicht.“
„Probier es einfach aus.“
„Nein, ist wirklich zu doof.“
„Umso besser, lass hören.“
„Wehe, du lachst.“
„Wieso sollte ich?“
„Also, wir fahren in den Sommerferien
immer nach Italien. Mama ist dort geboren.
Einmal im Jahr muss sie in ihre alte Heimat.

Familienbesuch. Jedes Mal ein Riesentamtam.
Wir also heute Früh um halb fünf ins Auto.
Von wegen Stau vermeiden und so.

Hab versucht,
erst gar nicht richtig wach zu werden.
Wollte gleich weiterpennen.
Hat leider nicht geklappt.
Erst gegen Mittag bin ich wieder eingenickt.
Als ich aufwache, sind beide Vordersitze leer.
Ich allein im Auto. Rastplatz.
Aha. Meine Eltern machen Pause, denk ich.
Entweder sie hatten mich nicht wach gekriegt
oder sie wollten mich schlafen lassen. Egal.
Ich musste aufs Klo. Und als ich zurückkam,
waren sie verschwunden."
„Wie verschwunden?"
„Auto weg, Eltern weg, abgefahren."
„Die müssen doch gemerkt haben,
dass du nicht da warst."
Robin schüttelte den Kopf. „Wir haben
so einen Van mit riesig viel Platz hinten",
fantasierte er weiter. „Mit dunklen Scheiben.
Papa steht auf solche dicken Kisten.
Und ich vergrab mich beim Schlafen
immer in meine Sachen.
Wenn man da nicht genau kuckt …"

Stellvertretend für seine Eltern hob er
entschuldigend die Schultern.
Tessa schüttelte fassungslos den Kopf.
„Ich würde die Panik kriegen, wenn man mich
auf dem Rastplatz vergessen würde."
„Dich vergisst bestimmt keiner",
machte ihr Robin ein Kompliment.
Ganz ohne Absicht.
Als sich Tessa dafür bedankte,
sah er verlegen zu Boden.
Einen Moment herrschte Stille.
„Wieso hast du deinen Rucksack dabei,
wenn du nur zum Pinkeln wolltest?"
„Da sind meine Klamotten zum Wechseln drin.
Ich wollte eine lange Hose anziehen",
fabulierte Robin und fragte sich gleichzeitig,
weshalb er zu seiner Rettung ständig
irgendwelche Hosen brauchte.
„Papa übertreibt es oft mit der Klimaanlage.
Mama trägt im Auto auch immer
mindestens zwei Pullover. Sonst erfriert sie."
„Wieso hast du deine Eltern nicht gleich
angerufen?", fragte Tessa weiter.

„Das wollte ich natürlich auch gleich machen“,
sagte Robin und nickte langsam vor sich hin.
„Aber mein Handy liegt im Auto.
Bevor ich eingeschlafen bin,
hab ich ein paar SMS an Freunde verschickt.
Der Akku ist platt.“ Er zuckte mit den Schultern.
„Vermutlich liegt es in der Ritze zwischen
Sitzbank und Rückenlehne.“
„Mein Handy hängt am Ladegerät“,
sagte Tessa. „Wenn du willst, kannst du
schnell mitkommen. Wir wohnen da drüben.“
Sie zeigte auf ein Haus schräg gegenüber.
„Je eher du deine Eltern anrufst,
desto früher können sie umkehren.“
„Danke“, sagt Robin. „Aber …“
Er schüttelte den Kopf.
Wie kam er da wieder raus?
Tessa sah ihn erwartungsvoll an.
Plötzlich die Eingebung: Wie wäre es
zur Abwechslung wieder mal
mit einem Häppchen Wahrheit?
„Meine Eltern hassen Handys.
Sie haben keines.“

Es erfüllte ihn mit Stolz, wie schnell und
schlagfertig er auf alle Einwände reagierte.
„Dann spielt es ja auch keine Rolle,
dass dein Handy im Auto liegt“, sagte Tessa.
Erst jetzt fiel Robin auf, dass er sich
schon wieder eine Falle gestellt hatte.
Wie konnte er erzählen,
dass er seine Eltern anrufen wollte und
ein paar Minuten später behaupten,
sie hätten kein Handy.
Grummelnder Donner lenkte beide
vom Thema ab.
„Nicht das beste Wetter, um zu trampen“,
sagte Tessa.
Robin blickte zum Himmel.
Die Sonne war verschwunden.
Schwere Wolken wälzten sich auf sie zu.
„Das zieht vorüber“, meinte er zuversichtlich.
Tessa stand auf.
Blitzschnell war auch der Hund auf den Beinen.

„Bei Gewittern im Freien krieg ich Schiss.
Willst du nicht auch lieber mit reinkommen,
bis es vorbei ist?“

Robin blies die Backen auf.
Man konnte zusehen,
wie sich der Himmel verdunkelte.
So richtig einladend wirkte das nicht.
„Eigentlich wollte ich möglichst schnell weiter“,
sagte er unentschlossen. Schon klatschten
die ersten Tropfen auf den Asphalt.
„Na gut, überredet“, fügte er lachend hinzu.
Tessa rannte los, er hinterher.
Es fing an zu prasseln, ehe sie die Haustür
aufschließen konnte. Obwohl sie dem Regen
höchstens zehn Sekunden ausgesetzt waren,
klebten ihre T-Shirts auf der Haut.
Tessa schob ihn ins Haus.
„Das ging schnell, was?“
Die Wohnung lag im zweiten Obergeschoss.
Tessa führte Robin in ihr Zimmer,
bot ihm vom Wäschestapel auf dem Bett
ein trockenes T-Shirt an.
Er zeigte auf seinen Rucksack.
„Hab selber genug dabei.“
Tessa verschwand im Badezimmer,
um sich umzuziehen.

Robin hatte eben das nasse Hemd über den Kopf gezogen, als er jemanden im Flur hörte. Einen Augenblick später trat eine Frau in Tessas Zimmer. Der Hund begrüßte sie mit überschwänglicher Freude.

„Ist ja gut, Basti“, sagte sie.
Noch hatte sie Robin, der mit entblößtem Oberkörper im Rucksack wühlte, nicht gesehen.
„Oh hallo. Ich stör doch nicht bei irgendwas.“
Obwohl er weder ganz nackt war, noch etwas Verbotenes getan hatte, wurde Robin verlegen.
„Wir sind nass geworden“, stammelte er.
„Tessa ist im Bad. Sie hat mich reingelassen. Wegen des Gewitters.“
„Das kam aber auch plötzlich“, erwiderte die Frau. „Ich bin Tessas Mutter.“
Sie hielt ihm die Hand entgegen.
Robin schlug ein, stellte sich vor.

Noch während er seinen richtigen Vornamen
nannte, fiel ihm ein,
dass Tessa ihn als Paolo kannte.
„Robin-son“, brachte er mit Verzögerung hervor.
„Paolo Robinson.“
„Interessanter Name“, sagte Tessas Mutter.
Ehe er sich um Kopf und Kragen reden konnte,
kam Tessa aus dem Badezimmer und
stellte die beiden einander noch einmal vor.
Tessa half ihrer Mutter
beim Einräumen der Einkäufe.
Als sie mit Tee und Keksen
am Küchentisch saßen,
erzählte Tessa, welches Missgeschick
ihrem Gast widerfahren war.
Sie sprudelte wie ein Wasserfall.
Robin hatte nicht die geringste Chance,
sie zu stoppen. Die Blicke der Mutter
spiegelten deutlich Zweifel wider.
Er fragte sich, ob es nicht klüger wäre,
sich gleich den Rucksack zu schnappen
und abzuhauen.
„Eine erstaunliche Geschichte“,

sagte sie am Ende zu ihrer Tochter,
um sich sogleich an Robin zu wenden.
„Tessa scheint solche Schicksale anzuziehen.
Sie würde am liebsten jeden mit nach Hause
bringen. Basti ist ihr auch zugelaufen."
Tessa stieß ihre Mutter empört an.
„Paolo ist mir nicht zugelaufen."
„Und du bist sicher, dass wir deine Eltern
nicht erreichen können?", fragte Tessas Mutter.
„Es gibt doch bestimmt Verwandte,
die sie zuallererst anrufen würden.
Als Kontakt für alle Fälle."
Robin starrte auf seine Teetasse und schwieg.
„Ist was?", fragte Tessa arglos.
„Tut mir leid", sagte er kaum hörbar.
„Was denn?", fragte Tessa.
Endlich hob er den Kopf
und sah Tessa ins Gesicht.
„Die Sache mit Italien und meinen Eltern,
die mich vergessen haben –

das stimmt alles gar nicht."
„Was?" Tessa sah ihn an,
als hätte er den Verstand verloren.

„Als wir uns getroffen haben“,
fing er zögernd an, „vorhin, im Wald –
die ganze Geschichte – alles erfunden.“
„Wieso denn?“, fragte Tessa.
„War eben spannender als die Wahrheit“,
sagte er.
„Und wie sieht die bitte schön aus?“,
fragte Tessas Mutter.
Robin drehte noch einige Augenblicke
die Tasse hin und her. Schließlich hob er
den Kopf und zuckte mit den Schultern.
„Wir sind erst vor wenigen Tagen hergezogen.
Heute Früh bin ich los,
um die Gegend anzusehen.“
„Per Anhalter?“, warf Tessas Mutter kritisch ein.
„Ein bisschen rumfahren eben.
Einfach so“, sagte Robin.
„Ich kenne ja noch niemanden hier.“
„Und weshalb der Rucksack?“,
fragte Tessas Mutter.
Sie glaubte ihm noch immer nicht. Das war klar.
„Heute Früh war's kühl. Ich hatte viel an.
Und Badesachen hab ich auch dabei.

Falls ich an einen See komme oder
ein Schwimmbad finde.“
Für die zögerliche Art, wie er
den reuigen Ertappten spielte, hätte sich Robin
glatt einen Oskar verliehen.
Dennoch war er nicht sicher, ob ihm
Tessas Mutter die neue Geschichte abkaufte.
Offensichtlich war allerdings,
dass sie versuchte, ihm ordentlich
auf den Zahn zu fühlen.
„Wo wohnst du denn jetzt?“, fragte Tessa.
Jetzt stand er endgültig
mit dem Rücken zur Wand.
„Hinten beim Sportplatz“,
griff er nach einem Strohhalm.
Sportplätze gab es überall.
Wenn sie ihn jedoch nach Straße und
Hausnummer fragten, flog er auf.
Selbst den Namen des Ortes
hatte er schon wieder vergessen.

„Das ist ja praktisch“, sagte Tessa.
„Direkt bei der Schule. Oder gehst du nicht
aufs Gymnasium?“

„Doch, ich komm nach den Ferien
in die Achte."
„In die a oder b?", hakte Tessa sofort nach.
„Ist noch nicht klar", antwortete Robin.
„Dann sieh mal zu, dass du
in meine Klasse kommst", sagte Tessa.
„Die aus der a sind eine Katastrophe.
Bei uns ist es viel besser."
„In die Achte?", fragte Tessas Mutter.
„Sagtest du nicht, du wärst sechzehn?"
Diesmal gab es kein Zögern.
„Spät eingeschult und einmal kleben geblieben."
Diese Antwort hatte sich bereits bewährt.
Robin fühlte sich wieder sicher.
Tessa hatte ihn aus der Verlegenheit
mit der neuen Adresse gerettet.
Nun hatte er sicher auch ihre Mutter überzeugt.
„Wäre super, wenn du in
meine Klasse kommst", sagte Tessa.
Sie wandte sich an ihre Mutter.
„Kann Paolo heute hier pennen?"
Die wirkte überrumpelt.
Auch Robin überraschte die spontane Einladung.

„Ich meine, wenn du Lust hast“,
sagte Tessa zu ihm.
Tessas Mutter ließ sich Zeit, erhob sich
von ihrem Stuhl. Sie sammelte die Tassen ein
und öffnete die Spülmaschine.
„Von mir aus“, sagte sie schließlich.
Sie nahm das Telefon, das auf der Anrichte lag.
„Du kannst ja anrufen, ob deine Eltern
einverstanden sind.“
Sie hielt ihm das Telefon hin.
„Und erzähl mir nicht, dass ihr noch
kein Telefon habt oder dass du eure Nummer
noch nicht kennst.“
Tessas Mutter überzeugt? Von wegen.
Ihre Stimme war voller Misstrauen.
Noch immer schien sie Robin
kein Wort zu glauben.
Mit der telefonischen Erlaubnis,
die sie von Robins Eltern einforderte,
versuchte sie ihn aus der Reserve zu locken.

Robin nahm den Hörer,
zog sich auf den Flur zurück.
Basti sprang auf und begleitete ihn.

Wenigstens der Hund schien auf seiner Seite
zu sein. Gut, Tessa auch.
Nur die Mutter machte Probleme.
Durch die angelehnte Tür hörte er die beiden
in der Küche flüstern.
Durch die Milchglasscheibe sah er
die Mutter gestikulieren.
Keine Frage, um wen es ging.
Sollte Robin die Gelegenheit nutzen
und abhauen?
Sein Rucksack lag in Tessas Zimmer.
Erst als das Telefon piepste,
weil er auf eine Taste geraten war,
wusste er, was er tun sollte.

Während sich Tessa und ihre Mutter
weiterhin flüsternd unterhielten,
tippte er mehrmals auf die Null,
um einen Wählvorgang vorzutäuschen.
Fest davon überzeugt, dass Tessas Mutter ihn
durch die Milchglasscheibe beobachtete,

drehte er der Tür den Rücken zu
und hielt den Hörer ans Ohr.
Robin kniete nieder, kraulte den Hund,
ließ einige Sekunden verstreichen.
„Hallo, Paps“, sagte er schließlich.
„Ja, alles bestens. Stell dir vor,
ich hab ein Mädchen
aus meiner neuen Schule kennengelernt.
Vielleicht komme ich sogar
in dieselbe Klasse. Ist es okay,
wenn ich hier übernachte? – Super. –
Moment, ich frag mal.“
Er reckte den Kopf in die Küche,
um nach Anschrift und Telefonnummer
zu fragen und gab beides
an seinen „Vater“ weiter.
„Ja, bis morgen. – Weiß nicht, irgendwann
nach dem Frühstück. – Tschüss.“
Als er in die Küche zurückkehrte,
nahm er mit Genugtuung die Verblüffung
 von Tessas Mutter zur Kenntnis.
Auch Tessas trotzige Kopfhaltung
entging ihm nicht.

Tessas Mutter schien seine Aufrichtigkeit
tatsächlich infrage gestellt zu haben.
Das Gespräch mit seinem Vater war ihm
jedoch so überzeugend gelungen,
dass auch sie ihm Glauben schenken musste.
Tessas Mutter hatte noch einen Abendtermin.
Sie gab sich zwar Mühe, ihre Zweifel
an Robins Geschichte zu überspielen,
wirkte beim Abschied trotzdem eher distanziert.
„Du passt schön auf die beiden auf, Basti“,
trug sie dem Hund gewollt scherzhaft auf,
ehe sie die Wohnung verließ.

Tessa hingegen blieb weiterhin locker.
Sie schob zwei Tiefkühlpizzen in den Ofen und
erzählte Robin von seinen zukünftigen
Mitschülern.
In ihrem Zimmer klappten sie
die Schlafcouch auf und
zappten durchs Abendprogramm,
bis Robin während einer Comedy-Show
die Augen zufielen.
„Müde?“, fragte Tessa.

„Hm?“ Er schreckte hoch. „Irgendwie schon.“
„Du hast vorhin mitbekommen,
dass Mama dir deine Geschichte nicht abkauft?“,
fragte Tessa völlig überraschend.
Nun war Robin wieder hellwach.
Er setzte sich aufrecht. „Echt? Wieso?“
Tessa drückte den Ton weg.
Die Comedyleute verstummten.
„Mama glaubt, du bist von zu Hause
abgehauen.“
Robin spielte den Empörten.
„Wie kommt sie denn darauf?“
„Ich glaub das inzwischen auch“, sagte Tessa,
ohne den Blick vom Bildschirm zu wenden.
Robin schoss alles Mögliche durch den Kopf.
Hatte Tessas Mutter die Wohnung verlassen,
um die Polizei zu holen?
Nein, dann wäre sie längst zurück.
Wieso kam Tessa plötzlich darauf?
Womit hatte er sich verraten? Würde er sie
 mit einer neuen Geschichte überzeugen können?
Oder sollte er ihr die Wahrheit erzählen?
Und dann würde sie es gleich ihrer Mutter sagen?

Würden sie ihn noch heute Nacht
vor die Tür setzen?
Er ließ sich rückwärts aufs Bett fallen.
„Ihr habt Recht“, gestand er kleinlaut.
Er wollte Tessa nicht mehr weiter belügen.
„Bin gestern Früh abgehauen.“
Sie schwieg, kraulte stumm den Hund.
Wartete ab, was er zu sagen hatte.
„Wie kommst du so plötzlich drauf?“
„Weiß nicht.“ Sie überlegte. „Kleinigkeiten.
Hätte Mama nichts gesagt,
wären sie mir vielleicht gar nicht aufgefallen.
Dein Bruder zum Beispiel.
Wieso war er nicht im Auto,
wenn eure Familie nach Italien fährt?
Erst erzählst du was von seiner Allergie
und dann kommt er nicht mehr vor.
Und dann dein Rucksack …
Weshalb schleppst du ihn mit rum,
wenn du dir nur die Gegend ansehen willst?
Und das mit Italien, na ja.“
„Das ist das Einzige, was stimmt“, sagte Robin.
„Da will ich wirklich hin. Zu meiner Tante.

Die richtet abgewrackte Boote wieder her
und bringt Touristen das Segeln bei.
Bei ihr könnte ich erst mal bleiben."
„Warum bist du abgehauen?"
„Ach, was weiß ich ... Schnauze voll."
Tessa wartete, sah ihn an, ließ ihm Zeit.
Er starrte auf den Teppich.
„Geht's genauer?", fragte sie schließlich.
„Irgendwas muss doch passiert sein."
Natürlich war etwas passiert.
Aber das war doch nur der Auslöser gewesen.
Robin wusste nicht, wie weit er ausholen sollte,
damit Tessa ihn auch verstand.
„Da kommt einfach ganz viel zusammen",
sagte er abwehrend.
„Ich hab Zeit", sagte Tessa. „Aber wenn du
nicht erzählen möchtest, Paolo ..."
„Damit fängt es schon an",
unterbrach Robin sie.
„Ich heiße Robin. Meine Mutter ist keine
Italienerin und ich war in meinem ganzen Leben
noch nie da unten."
Er schüttelte den Kopf.

„Ich hab echt nur Scheiße erzählt. Allen, die mir unterwegs begegnet sind, hab ich irgendwelchen Mist serviert.“

„Du wolltest nicht, dass man dich nach Hause schickt“, sagte Tessa verständnisvoll.

Robin schüttelte den Kopf.

„Du ahnst gar nicht, wie einfach es war.
Die Leute haben mir alles geglaubt.
Plötzlich war ich ein anderer.
Mit der Zeit hat es richtig Spaß gemacht.
Vor allem, wenn es knifflig wurde.
Wie ein Wettbewerb – fällt mir was ein, damit ich da noch einmal rauskomme?“

„Und jetzt?“

„Was?“

„Jetzt fällt dir nichts mehr ein?“

Er zuckte mit den Schultern.

„Das wäre wohl kaum das Problem.“

„Warum versuchst du dann jetzt nicht, wieder rauszukommen?“

Robin hob den Kopf, sah ihr kurz ins Gesicht, hielt ihrem fragenden Blick keine Sekunde stand.
Traute er sich, es zu sagen?

„Weiß nicht." Schon wieder gelogen. „Nein. Quatsch. Stimmt nicht. Natürlich weiß ich es." Noch einmal wagte er einen kurzen Blick in ihre Augen. „Es liegt an dir. Bei dir hab ich keine Lust mehr zu lügen."

„Find ich gut", erwiderte sie flüsternd.

In der Wohnungstür drehte sich ein Schlüssel.

„Sagst du es deiner Mutter?", fragte Robin leise.

Tessa schüttelte den Kopf.

„Nur wenn du es möchtest."

Es klopfte.

Tessa rief: „Herein", und ihre Mutter reckte den Kopf ins Zimmer.

„Ihr seid noch wach? Alles in Ordnung?"

„Wir quatschen noch", antwortete Tessa.

„Aber nicht mehr so lange, ja?"

„Mama, wir haben Ferien", sagte Tessa.

„Außerdem ist morgen Samstag."

Ihre Mutter gab sich geschlagen.

„Ich sag trotzdem schon Gute Nacht."

„Hast du was angestellt oder so?", wollte Tessa wissen, nachdem ihre Mutter draußen war.

„Eigentlich nichts“, sagte Robin trotzig.
„Das ist das Fiese. Mein Mathelehrer behauptet, ich hätte ihn die Treppe hinuntergestoßen.“
„Heftig – und die Wahrheit?“
„Er ist gestolpert. Ich hab ihn nicht gestoßen“, antwortete Robin empört. „Der will mir nur eins reinwürgen.“
„Gibt's einen Grund?“
„Weiß nicht“, sagte Robin erneut.
Dann fing er doch an zu erzählen.
„Dorfmann heißt dieser Typ.
Es gibt wirklich keinen, der ihn leiden kann.
Kommt jeden Morgen mit seinem aufgemotzten Mini zur Schule.
Ständig bastelt er an der Kiste rum.
Besucht dreimal die Woche die Waschanlage.
Zum 1. April haben wir ihm sein Heiligtum weggetragen. Kleiner Scherz. Zehn Leute, und sein Mini parkte zwischen zwei Bäumen.
War leichter als wir gedacht hatten.
Die halbe Schule hat zugeschaut, wie er hin- und herrangierte, bis er wieder raus war.
Obwohl keiner erwischt wurde,

hat dieser Idiot überall erzählt,
ich wäre der Anstifter gewesen.
Gut, ich war dabei – aber Anführer?
Mein Motiv wäre auch klar.
Ich hätte mich für die Sechs rächen wollen,
die er mir fürs Abschreiben reingedrückt hatte.“
„Lass mich raten“, sagte Tessa schmunzelnd.
„Auch die Sechs war unverdient.“
„Du glaubst mir nicht“, sagte Robin beleidigt.
„Doch, natürlich.
Aber so was kennt man doch.“
Sie stieß ihn aufmunternd an.
„Es ist genau andersrum.
Er will sich an mir rächen. Ich hatte mich
wegen der Sechs beim Schulleiter beschwert.
Mein Nachbar hatte nämlich
bei mir abgeschrieben.
Das hab ich natürlich nicht erzählt.
Aber der Trottel hat alle meine Fehler kopiert.
Jedenfalls sah Dorfmann damals die beiden

fast identischen Arbeiten und gab mir die Sechs.
Und zwar nur mir. Beweise? Fehlanzeige.
Aussage gegen Aussage.

Der Schulleiter entschied,
dass ich die Arbeit nachschreiben durfte.
Und in der war ich richtig gut.
Dorfmann war total sauer,
dass er mir eine Zwei drunterschreiben musste.
Seitdem schikaniert er mich.
Immer ohne Zeugen.
Und gestern Früh der echte Hammer:
Wir hatten verpennt.
Mein Bruder und ich
kamen fünf Minuten zu spät.
Leon konnte sich Zeit lassen.
Die Kunstlehrerin ist in Ordnung. Aber ich
hatte Dorfmann und rannte die Treppe hoch.
Und wer ist als Einziger
im Treppenhaus unterwegs?"
„Doofmann, der von allen geschätzte
Mathelehrer", sagte Tessa.
„Woher weißt du, wie wir ihn alle nennen?"
„Ist doch irgendwie klar, oder?"
Robin nickte. „Er hielt mich an.
Der Unterricht hätte doch bereits begonnen!
Ich hab gefragt, wieso er noch draußen wäre.

Und er: Von so einem kleinen Stinker wie mir
würde er sich nicht sagen lassen,
wann er im Klassenzimmer zu sein hätte.
Und er würde mich schon noch drankriegen.
Den Stinker konnte ich mir
doch nicht bieten lassen.
Fast wäre ich tatsächlich auf ihn los. Aber
bevor ich auch nur einen Schritt gemacht hatte,
kam er von allein ins Stolpern
und stürzte die Treppe runter.
Mit Überschlag.
Echt filmreif. Ich glaubte wirklich,
er würde sich sämtliche Knochen brechen.
Eine Sekunde später kam Leon um die Ecke.
Wunderbar, dachte ich. Mein Bruder
hat alles gesehen."
„Wie alt ist der eigentlich?", fragte Tessa.
„Zwei Jahre jünger."
Sie sah ihn schmunzelnd an. „Das heißt?"
Erst jetzt begriff Robin,
dass sie sein wahres Alter noch nicht kannte.
„Dreizehn – ich werde bald fünfzehn."
„Weiter", forderte Tessa ihn auf.

Durch ihre Zwischenfrage hatte Robin offenbar
den Faden verloren.
„Dorfmann stöhnte rum. Nach ein paar Ächzern
fing er allerdings an, mich anzubrüllen.
Er drohte mit Polizei, Anzeige, Schulverweis.
Alle Türen gingen auf, die Leute kamen
aus den Zimmern. Als er genug Publikum hatte,
spielte er den Verletzten
und humpelte zum Schulleiter.
Leon und mir befahl er mitzukommen.
Dort brüllte er mich wieder an. Wenn er schreit,
hat er immer eine eklig feuchte Aussprache.
Da hab ich zurückgebrüllt.
Er solle mich gefälligst nicht anspucken.
In dem Moment schickte mich der Schulleiter
erst mal vor die Tür.
Leon wurde als Zeuge befragt. Als er rauskam,
wollte ich wissen, was er gesagt hatte."
Robin schüttelte den Kopf.
„Und was erzählt er mir? Er hätte nur gesehen,
dass Dorfmann auf der Treppe lag
und ich über ihm stand. So ein Schwachkopf!
Da bin ich abgehauen.

Nicht, dass er meinetwegen auch noch
einen Anfall kriegt.“
„Anfall?“
„Na, sein Asthma. Wenn er sich aufregt,
fängt er an, nach Luft zu schnappen.
Eigentlich kommt er ganz gut klar damit.“
„Dass du gern einen Hund hättest,
stimmt also“, sagte Tessa.
„Du hast dir aber auch wirklich
jede Einzelheit gemerkt.“
Robin rang sich ein Lächeln ab. „Da ist mir
doch glatt was Wahres rausgerutscht.“
„Aber dein Bruder kann doch nichts dafür,
dass er nichts gesehen hat“, zeigte Tessa
Verständnis für Leon.
„Du kennst ihn nicht. Der hat sein Asthma
schon oft genug ganz gezielt eingesetzt.
In Wahrheit hat er immer gleich die Hosen voll.“
Tessa hielt den Finger an die Lippen.
Robin war laut geworden.

Auch nach fast zwei Tagen konnte er
noch immer nicht fassen, dass sein Bruder
seine Version nicht bestätigt hatte.

Sie entsprach doch der Wahrheit!
„Jedenfalls bin ich ab nach Hause."
„Und das war alles?", fragte Tessa erstaunt.
Robin saß mit vorgebeugtem Oberkörper
auf der Bettkante. Er starrte auf seine Füße,
schüttelte langsam den Kopf.
„Ich kam am Lehrerparkplatz vorbei."
Tessa stöhnte.
Sie ahnte, was kommen würde.
„Mit einem Stein hab ich seinem Mini
einen Kratzer verpasst –
die ganze Fahrerseite entlang."
„Robin, wieso denn?", fragte sie vorwurfsvoll,
legte aber tröstend den Arm um seine Schultern.
„Ich war sauer", sagte er Richtung Fußboden.
„Der Typ lügt wie gedruckt, beleidigt mich
und dann soll ich für etwas büßen,
was ich nicht gemacht habe?"
Er schüttelte hilflos den Kopf.
„Zu Hause bin ich im Flur über einen
von Leons Modellfliegern gestolpert.
Hab das Ding gegen die Wand gekickt."
Tessa verdrehte die Augen.

„Ist doch doof, so was.“
„Weiß ich selber“,
antwortete Robin niedergeschlagen.
„Und weiter?“
„Ich hab ein paar Sachen in den Rucksack
gestopft, mir Geld aus der Küchenschublade
geschnappt und mich aufs Fahrrad
geschwungen.“
„Wieso Fahrrad? Wie kommst du
dann auf die Autobahn?“
„Ich war kaum los, da hatte ich einen Platten.
Hab das Fahrrad liegen lassen und
beim ersten Auto den Daumen rausgehalten.
Eine Frau hat mich mitgenommen.
Die hat gefragt ohne Ende. Hätte ich ihr
erzählen sollen, was passiert war?
Also hab ich was erfunden.
Hab allen immer genau das vorgespielt,
was gerade passte.“
„Du bist ein guter Schauspieler“, sagte Tessa.

„Du musst unbedingt in unserer Theater-AG
mitmachen. Wir haben dieses Jahr sogar
einen Preis gewonnen.“

Was sollte Robin dazu sagen? Er würde doch nie auf ihre Schule gehen.
„Verdammt“, fiel es ihr nun selbst ein.
„Du bist ja gar nicht wirklich hierhergezogen.“
Vor dem offenen Fenster zwitscherten bereits die Vögel. Es war schon hell, als die beiden endlich einschliefen. Sie merkten nicht, dass Tessas Mutter um sieben den Hund aus dem Zimmer holte, um mit ihm vor die Tür zu gehen.
Sie besorgte frische Brötchen, deckte den Tisch. Die Morgenzeitung lesend wartete sie darauf, dass ihre Tochter und ihr Gast mit ihr frühstückten.

Als sie jedoch die Suchmeldung gelesen hatte, ging sie ins Zimmer und weckte die beiden.
„Mama, was ist denn?“, fragte Tessa verschlafen.
„Das hier ist.“
Sie zeigte auf Robins Bild in der Zeitung.
Robin und Tessa steckten die Köpfe zusammen.

Vermisst wird seit zwei Tagen
der 14-jährige Robin Fricke
aus Goslar. Nicht weit
vom Elternhaus entfernt
wurde Robins Fahrrad
am Straßenrand gefunden.
Ein Verkehrsunfall mit Fahrerflucht
kann nicht ausgeschlossen werden.
Einen Tag nach seinem Verschwinden
wurde 300 Kilometer südlich
vom Wohnort das Portmonee
des Vermissten abgegeben.
Die Polizei bittet um Mithilfe.

Und so weiter und so fort.
Tessas Mutter hatte die Arme vor der Brust verschränkt. „Wie steht's, Paolo Robinson? Soll ich die Polizei anrufen oder machst du es lieber selber?"

„Er kann nichts dafür", nahm Tessa ihn in Schutz. „Er kann dir alles erklären."

„Sehr interessant. Der Herr wurde gezwungen, uns etwas vorzulügen. Da bin ich allerdings gespannt."

Eine halbe Stunde später kannte auch Tessas Mutter die ganze Geschichte.
„Als Erstes rufst du deine Eltern an", forderte sie überraschend sachlich.
„Dass die sich Sorgen machen, ist dir hoffentlich klar."
Robin verzog das Gesicht.
„Mein Vater bringt mich um."
„Bestimmt nicht durchs Telefon", sagte Tessas Mutter.
„Und was passiert dann?", fragte er kleinlaut.
„Du stellst dich den Tatsachen", antwortete sie.
„So wie du diesen Lehrer beschreibst, hat er sicher Anzeige erstattet. Das wird dann ein Fall fürs Jugendgericht."
Robin atmete tief durch. Tessa versuchte, ihn mit einem Lächeln aufzumuntern.
„Den Schaden am Auto wirst du wohl oder übel bezahlen müssen", fuhr Tessas Mutter fort.

„Und mit deinem Bruder und deinen Eltern
wird sich eine Regelung finden lassen.
Allerdings müsste dein Lehrer auch sein Fett
abkriegen. Auch wenn ich dich als äußerst
fantasievoll kennengelernt habe –
die letzte Version deiner Geschichte klingt
am glaubwürdigsten. Und zwar mit Abstand."
„Mein Vater dreht trotzdem durch",
sagte Robin.
Er war vollkommen überrascht,
als Tessas Mutter ihm anbot, das erste Gespräch
mit seinen Eltern zu führen.
„Das würden Sie tun?"
„Das mache ich jeden Tag. Es ist mein Job."
„Mama ist Sozialarbeiterin", erklärte Tessa.
„Kümmert sich um straffällig gewordene
Jugendliche."
„Nicht im Ernst?"
„Doch", antworteten Mutter und Tochter
gleichzeitig.

Robin lachte.
„Tut mir leid, ich will gar nicht lachen.
Aber dass ich ausgerechnet …"

Er lachte weiter und
steckte Tessa und ihre Mutter an.
„Da hast du wieder mal eine Type aufgelesen“,
sagte Tessas Mutter.
Das Stimmungsbarometer hatte
den Tiefpunkt überwunden.
Tessas Mutter rief Robins Eltern an.
Nach einem ausführlichen Gespräch reichte sie
den Hörer an Robin weiter.
Robin rechnete mit einem Donnerwetter
und war ganz überrascht, dass seine Eltern
voller Sorge um ihn waren.
Die Stimme seines Vaters hörte sich sogar so an,
als ob er Tränen der Erleichterung vergoss.
Und sein Bruder hatte ihm
den zertrümmerten Flieger bereits verziehen.
„Dann fang jetzt bloß nicht an zu keuchen
vor Aufregung“, flachste Robin.
Als er aufgelegt hatte, standen auch ihm
Tränen in den Augen.
„Danke“, sagte er leise zu Tessas Mutter.
„Komm schon her, du Lügenbold.“
Sie öffnete weit die Arme.

„Will auch.“ Tessa drängte mit
in die Umarmung.
Das wiederum machte den Hund eifersüchtig,
der die drei bellend umkreiste.

„Schade, dass du nicht hier wohnst“,
sagte Tessa auf dem Bahnsteig.
Robin war bis Montag bei ihnen geblieben.
„Darf ich mal wiederkommen?“, fragte er.
„Wehe, wenn nicht“, sagte Tessa.
„Auch schon in drei Wochen?“, fragte er weiter.
„Wenn ich aus Italien
von meiner Tante komme?“
Auf Anraten von Tessas Mutter, die noch
mehrmals mit seinen Eltern telefoniert hatte,
durfte Robin nun wirklich zur Tante reisen.
Um Abstand zu gewinnen und
sich als Aushilfe Geld zu verdienen,
damit er seine Schulden bezahlen konnte.
„In drei Wochen sind wir doch zu Hause,
Mama?“, fragte Tessa.

Sie nickte. „Sicher. Kannst gerne ein paar Tage bei uns verbringen."
„Ich melde mich vorher", sagte Robin.
„Versprochen?", fragte Tessa.
Robin hob die Hand zum Schwur.
„Versprochen."

Vier Wochen später hatte Tessa der Schultrott bereits wieder eingeholt.
Robin hatte sich nicht gemeldet.
Tessa war tief enttäuscht.
Seit Tagen trug sie Trauermiene.
Ihre Mutter schloss sie in die Arme. „Tut's weh?"
Tessa nickte.
„Ich war mir eigentlich auch sicher, dass er sich melden würde", sagte ihre Mutter leise.
„Am Ende war ich fest davon überzeugt, dass er es uns gegenüber ehrlich meinte.
Hätte nicht gedacht, dass er dir zum Abschied schon wieder was vorgemacht hat."
„Wahrscheinlich ist er schon als Lügner zur Welt gekommen", sagte Tessa missmutig.

„Trotzdem wäre es doch wirklich blöd,
wenn so einer wie Dorfmann Recht hätte."
„Wir werden es wohl nie erfahren",
sagte Tessas Mutter. Es klingelte.
Basti sprang aus dem Korb
und lief zur Wohnungstür.
Tessa blickte durch den Spion.
„Ist an der Haustür."
Sie nahm den Hörer der Sprechanlage. „Hallo?"
„Taxi, ich hab hier einen Fahrgast. Er behauptet,
Sie würden die Fahrt übernehmen."

„Moment, ich gebe Ihnen meine Mutter."
Sie hielt die Hand auf den Hörer.
„Ein Taxifahrer, ich versteh nicht, was er meint."
„Ja, bitte?", fragte Tessas Mutter.
Mit gespannter Miene hörte sie ihm zu.
Tessa versuchte mitzuhören.
„Wie heißt er denn, dieser Fahrgast?"
„Was?", fragte Tessas Mama.
„Schicken Sie ihn rauf."

„Kommt nicht infrage. Nachher ist die Tür zu und ich steh immer noch ohne Geld da."
„Wir kommen runter."
Eine Sekunde später waren Mutter, Tochter und Hund im Treppenhaus.
„Danke", sagte Robin mit bester Laune, als die Tür aufging. „Ihr wart nicht am Bahnhof, da hab ich ein Taxi ..."
„Nichts für ungut", fiel ihm der Taxifahrer ins Wort. „Sechs fünfzig macht die Tour vom Bahnhof. Sie wissen ja nicht, was sich unsereiner alles anhören muss."
Er machte große Augen, als Tessas Mutter auf zehn Euro kein Wechselgeld haben wollte.
Endlich konnten sie Robin richtig begrüßen. Braun gebrannt mit schwerem Reiserucksack stand er vor ihnen.
„Was hast du dem Fahrer denn erzählt?", fragte Tessas Mutter noch auf der Treppe.
„Dass ich geglaubt hatte, ich werde abgeholt", antwortete er beinahe verzweifelt.
„Ist mein Brief nicht angekommen?"
Tessa und ihre Mutter hoben ratlos die Hände.

Robin verdrehte die Augen.
„Meine Tante hatte mich gewarnt,
dass die Post zu lahm ist.
Und dann ist mir unterwegs schon wieder
der Geldbeutel geklaut worden."
„Echt?", fragte Tessa.
„Ja, wirklich", sagte Robin.
„Ist aber halb so wild. Das sauer verdiente Geld
steckt im Brustbeutel."
Inzwischen standen sie vor der Wohnungstür.
„Lauter große Scheine", sagte er stolz.
„Ich hätte das Taxi locker selbst
bezahlen können, aber der Fahrer
konnte nicht wechseln."
Wie ein Wasserfall sprudelte Robin.
Plötzlich hielt er inne. „Ihr glaubt mir doch?"
Tessa und ihre Mutter sahen einander an.
„Doch, natürlich",
sagten sie wie aus einem Mund
und schoben ihn in die Wohnung.

Lies mich ...

Leseprobe aus dem
Ravensburger Taschenbuch 52245
„Volle Pulle“ von Werner Färber

Zack – weg war sie.
Meine beste Freundin. Einfach aufgelegt.
Wird sie jemals wieder mit mir reden? Und was ist mit Joschi? Er war meine letzte Hoffnung. Auch er ruft nicht zurück. Dabei hatte ich gerade auf seine Hilfe ganz besonders gesetzt. Aber nein – auch da herrscht Funkstille. Vermutlich hat sich die Sache inzwischen in der ganzen Klasse herumgesprochen. Garantiert will niemand mehr etwas von mir wissen.
Wenn ich morgen zur Schule gehe, werden sie mich meiden, als hätte ich die Beulenpest.
Wenn ich morgen zur Schule gehe! Am besten, ich bin erst mal ein paar Tage krank. Natürlich könnte ich mich hinstellen und behaupten,

dass mich keine Schuld trifft. Hab ich etwa jemanden verraten? Hab ich jemanden angeschwärzt?
Höchstens indirekt. Und schon gar nicht mit Absicht.
Was können sie mir eigentlich vorwerfen?
Dass ich meinen Eltern erzählt habe, was in Bargheide passiert ist?
Für mich war das eine Selbstverständlichkeit.
Schließlich habe ich ein gutes Verhältnis zu ihnen.
Ich habe noch nie was verheimlicht.
Wir reden miteinander. Wahrscheinlich sind meine lieben Freunde bloß neidisch.
Kann ich was dafür, wenn in ihren Familien Funkstille herrscht? Oder sogar Grabesstille.
Wie bei Simone. Sie hat sich schon lange abgewöhnt, ihren Eltern etwas zu erzählen.
Absolut verständlich. Schließlich bekommt sie wegen jeder Kleinigkeit Ärger. Da hält man irgendwann die Klappe.
Ich dagegen kann mit allem zu meinen Eltern kommen. Selbst wenn ich mal Mist gebaut habe, wird erst in Ruhe darüber geredet. Solange ich

ihnen offen die Wahrheit erzähle,
verzeihen mir meine Eltern alles.
Bis jetzt war das jedenfalls so.
Und wie konnten Simone (und auch die anderen)
nur so naiv sein und glauben, die Sache würde
geheim bleiben? Bei so vielen Beteiligten?
Unmöglich. Simone kann doch nicht meinen,
ich würde sie absichtlich reinreiten.
Das würde ich ihr nicht antun. Ich kenne
doch ihre Eltern. Aber meine Eltern –
die kenne ich offenbar nicht so gut.
Nie im Leben hätte ich erwartet, dass Papa
so einen Vertrauensbruch begehen könnte.
Er will heute Abend mit der versammelten
Elternschaft über Bargheide reden.
„Die Vorfälle", wie er sagt, „zur Sprache
bringen."
Warum kann er nicht einfach die Klappe halten?
Von Anfang an hab ich ihm gesagt,
dass die Sache niemanden etwas angeht.
Aber nein – er muss es beim Elternabend
unbedingt zum Thema machen.
„Über so was muss man doch reden, Pea. Das

kann man nicht stillschweigend hinnehmen. Es hätte sonst was passieren können." Seine Worte. Als er heute Mittag sein Vorhaben ankündigte, fiel ich aus allen Wolken. Ich hab gefleht und gebettelt, hab in mein Essen geflennt und ihn sogar angeschrien. Trotzdem will er sich nicht davon abbringen lassen.

Sobald Papa aus der Wohnung war, hab ich Simone angerufen, um sie zu warnen. Zuerst heulte sie, dann fing sie an mich zu beschimpfen. Warum ich mein loses Mundwerk nicht einfach halten könnte?
Sie hätte die Schnauze voll von mir. So viel zum Thema beste Freundin.
Andererseits kann ich ihre Wut verstehen. Schließlich hat sie den Megakrach mit ihren Eltern, der auf sie zukommt, der Tatsache zu verdanken, dass ich ein gutes Verhältnis zu meinen Eltern habe. Besser gesagt: hatte! Wenn Papa nicht doch noch einen Rückzieher

macht, wird er von seiner Tochter auch nichts
mehr erfahren. Wenn Simone seinetwegen nichts
mehr von mir wissen will, werde ich ihm das
nie verzeihen.

Mit welcher Strafe Simone zu rechnen hat,
kann man schwer sagen. Sie wurde
von ihren Eltern schon wegen geringerer Vorfälle
zu zwei Wochen Hausarrest verdonnert. Oder zu
vier Wochen Taschengeldsperre. Das Schärfste,
was ich bisher erlebt habe, war Zimmerarrest.
Mit einschließen und Telefonverbot! Ich nenne
so etwas Freiheitsberaubung. Solche Eltern
verstehe ich nicht. Wieso haben die Kinder?
Außerdem ist Simone normalerweise das
bravste Lämmchen unter unserem Himmel.
Dagegen bin ich ein schwarzes Schaf. Obwohl
auch ich ziemlich harmlos bin.
Ich rauche nicht, ich trinke nicht,
ich komme pünktlich nach Hause
und räume sogar mein Zimmer auf. Manchmal.

Vielleicht kann ich die Katastrophe noch
abwenden. Papa kommt zwischen seiner Arbeit
und dem Elternabend nach Hause.
Bis dahin ist Mama aus dem Krankenhaus
zurück.
Telefonisch kann ich sie jetzt nicht erreichen.
Sie ist Stationsschwester. Aber ich hab ihr
eine SMS geschickt. Sie muss mir helfen,
Papa zu bearbeiten.
Ich schweife ab.

Im Grunde hatte ich bereits vor unserer Abfahrt
zur Klassenreise so eine Vorahnung, dass etwas
schief laufen könnte. Frag mich bitte keiner,
warum, aber ich konnte die drohende
Katastrophe spüren wie aufkommende
Kopfschmerzen.
Erst nur eine Ahnung,
dann die wachsende Gewissheit.
Schließlich dröhnt der Schädel,
als wollte er zerplatzen.

Ein paar aus unserer Klasse waren im Vorfeld der Abreise ziemlich schräg drauf gewesen. Besonders einige unserer Jungs versuchten ständig, sich gegenseitig zu übertrumpfen.
Wer ist der Tollste, Beste, Stärkste?
Wer hat die größte Klappe?
Das übliche Machogehabe eben.
Doch dann wurde die Klassenreise plötzlich schlecht geredet. Das, worauf sich die ganze Klasse wochenlang gefreut hatte ... wofür wir uns beim Sponsorenlauf Blasen an die Füße gelaufen hatten.
Bei der Schlussbesprechung wurde die Reise als Kinderkram bezeichnet.
Am Aufenthaltsort wurde herumgemeckert.
Die Wortführer fanden mit einem Mal alles nur noch superöde. Das Gemaule nahm kein Ende.
„Da liegt doch der Hund begraben!“
„Absolut tote Hose. Da gibt’s nicht mal eine Disco.“
„Selber kochen? Ist die Reise mit Verpflegung so viel teurer?“

Unsere Lehrerin, Frau Schiller, die wir, in ihrer Abwesenheit, „die Glocke“ nennen, nahm den plötzlichen Stimmungsumschwung mit Verwunderung zur Kenntnis.

„Was ist denn los? Wir hatten doch alles besprochen. Weshalb ist es mit einem Mal so schlimm, sich für ein paar Tage selbst zu versorgen?“, fragte sie in die Klasse.

„Ich kann nicht mal einen Herd anmachen!“, rief Joschi von hinten.

„Du wirst ja wohl als Letzter verhungern“, antwortete Simone. Sie spielte auf Joschis überzählige Pfunde an. Er ist nicht fett, aber ziemlich kompakt gebaut.

„Was soll das heißen?“, fragte Joschi gespielt sauer. „Findest du mich etwa dick?“

Die Glocke lachte. „Wie kommst du denn darauf, Joschi? Im Übrigen wirst du ja wohl einen Schalter bedienen können.“

„Fragen Sie meine Mutter“, sagte er. „In der Küche hab ich zwei linke Hände.“

„Reg dich ab, Joschi!“, rief Mark. „Wozu haben wir die Mädels dabei?“

„Hör bloß auf! Macho! Idiot!“, hagelte es weiblichen Protest von allen Seiten.

„Was soll eigentlich der Stress wegen der Kocherei?“, fragte Harpo.

„Wird ja wohl einen Mac oder Burger in der Nähe geben.“

„Hast du schon mal einen Blick auf die Landkarte geworfen?“, fragte Albert, unser Klassenlehrer.

Eigentlich heißt er Eisenmann, aber bei seiner Fächerkombination muss er sich Einsteins Vornamen schon gefallen lassen: Mathe und Physik.

„Nein, wieso?“, erwiderte Harpo.

„Du weißt also nicht, wo wir hinfahren?“

„Bergstedt?“

Albert blickte theatralisch zur Decke.

Alle wussten, was jetzt kommen würde:

„Oh Herr, schick Hirn vom Himmel.“

Harpo grinste. „Burgdorf?“, stocherte er weiter in seinem Gedächtnis.

„Es heißt Bargheide“, klärte Albert ihn auf.

„Jetzt, wo Sie’s sagen. Und wo liegt das?“

„Eben dafür gibt es besagte Landkarten",
meinte Albert.
Harpo hob entschuldigend die Hände.
„Geografie, Herr Eisenmann. Deshalb bin ich
doch kleben geblieben." Sein Grinsen wurde
noch breiter. „Unter anderem."
Nachdem sich das Gelächter gelegt hatte,
half ihm Mark auf die Sprünge.
„Spar dir die Landkarte.
Es liegt weit ab von jeder Zivilisation."
„Ah", machte Harpo. „Also kein Mac?"
Mark schüttelte den Kopf. „Kein Mac,
kein Burger."
„Und keine Disco", sagte Jule.
„Aber jede Menge Landluft", ergänzte Anna.
„Und was sollen wir dann dort?"
Harpo blickte sich fragend um. Sein richtiger
Name war Harald Poschmann.
Die Entscheidung, in diesem Schuljahr
nach Bargheide zu fahren,
war vor seiner Zeit gefallen. Mit seiner
früheren Klasse war er im vergangenen Jahr
in Berlin gewesen. Zwar nur für drei Tage,

aber was man so hörte, muss es echt klasse
gewesen sein.
„Auch wenn ich es ausgesprochen schade
fände“, sprach die Glocke Harpo an,
„du musst nicht mit.“
Seine Augen leuchteten. „Echt jetzt?“
„Mach keinen Quatsch, Alter, du kommst mit“,
mischte sich Mark ein.
Harpos lockere Art war für ihn ein Grund
zur Heldenverehrung.
„Du kannst die Zeit der Klassenreise auch
in der Parallelklasse verbringen“, informierte
Albert sachlich.
Harpo winkte ab. „Eine Woche 8b? Das wäre
ja wohl die Höchststrafe. Dann komm ich lieber
mit in die Pampa.“
Albert warf einen Blick auf die Uhr und kehrte
zu den Punkten auf seinem Merkzettel zurück.
„Die Hausregeln sind euch bekannt. Wecken
um 8.00 Uhr. Nachtruhe ab 22.00 Uhr.“
„Och nö“, sagte Joschi in beleidigtem Ton.
„Ist ja wie im Knast.“
„Kennst dich aus, was?“, scherzte Erhan.

Die Glocke setzte die Aufzählung der Regeln
fort: „Kein Alkohol, keine Zigaretten …"
„Kein Geschlechtsverkehr!" Auch dafür erntete
Harpo das erwartete Lachen.
Unsere Lehrer ignorierten den Einwurf.
Es war schwer genug gewesen,
einige Eltern davon zu überzeugen,
dass die Häuser mit Jungen *und* Mädchen
belegt werden sollten. Dabei waren wir
nicht die erste Gruppe, die nach Bargheide fuhr.
Schon seit Jahren fuhren die achten Klassen
unserer Schule entweder für eine Woche dorthin
oder für drei Tage nach Berlin.
Im Gegensatz zu Berlin, wo vor einigen Jahren
ein paar Schüler beim Kiffen erwischt wurden,
war in Bargheide noch nie etwas vorgefallen.
Die größten Bedenken hatten übrigens
Simones Eltern angemeldet. Sie hatten nur
unter der Voraussetzung zugestimmt, dass
wenigstens die Zimmer nach Jungen
und Mädchen getrennt blieben.